베이컨 수상록

범우문고 147

베이컨 수상록

베이컨 지음
최혁순 편역

범우사

차례

▨ 베이컨론 / 최혁순 · 7

서 문 · 14
진리에 관하여 · 17
죽음에 관하여 · 23
복수에 관하여 · 28
역경에 관하여 · 32
위장과 가식에 관하여 · 35
어버이와 자녀에 관하여 · 42
결혼과 독신생활에 관하여 · 46
질투에 관하여 · 51
연애에 관하여 · 62
높은 지위에 관하여 · 67
선과 천성의 선량함에 관하여 · 75
미신에 관하여 · 81

여행에 관하여 · 85
충고에 관하여 · 90
교활에 관하여 · 100
우정에 관하여 · 108
건강 관리에 관하여 · 125
담화에 관하여 · 129
청년과 노년에 관하여 · 134
미에 관하여 · 139
추종자와 친구에 관하여 · 142
학문에 관하여 · 146
자만심에 관하여 · 150
분노에 관하여 · 155

□ 연보 · 160

이 책을 읽는 분에게

가장 현명하고 가장 속악한 인간

베이컨은 세속적인 성공에 지나치게 관심을 쏟은 철학자이며 근대 귀납법을 창시한 경험주의자, 이자(利子)의 합법을 처음으로 주장한 인물이다. 그래서 영국의 평론가요 시인인 포프는 베이컨을 가리켜 이 세상에서 가장 현명하고 가장 속악(俗惡)한 인간이라고 했다.

프랜시스 베이컨은 1561년 1월 22일 런던의 요크 하우스에서 엘리자베스 조(朝)의 국새상서(國璽尙書)였던 니콜라스 베이컨 경의 둘째 아들로 태어났다.

엘리자베스 시대는 영국의 역사상 가장 약진을 거듭한 시대이기도 하다. 우리가 알고 있듯이 중세에서 근세로 접어들면서 유럽의 여러 나라들은 커다란 변혁을 겪게 된다. 역사의 무대가 지중해로부터 대서양 방면으로 옮아감에 따라 대서양 연안에 있는 여러 나라들——스페인·프랑스·네덜란드 및 영국——은 일찌감치 해외로 진출해서 식민지의 개척, 통상(通商)의 확대에 힘썼던 것이다. 여러 나라들은 앞을 다투어 상선대를 조직하고 함대를 강화해서 자국의 깃발을 돛대 높이 올려 달고 신대륙과 동양으로부터 금은보화를 실어 오기에 광분하고 있었다.

1588년 스페인의 해상세력이 약화되자 영국은 대서양의 해상권을 장악하게 되었다.

이리하여 엘리자베스 시대는 내치(內治)와 외교에 있어 눈부신 발전을 가져왔고 영국 근대의 터전을 잡는 시기였다.

스펜서의 시(詩)나 시드니의 산문이 영국 문학을 꽃피웠고, 영국의 무대는 셰익스피어·말로·벤 존슨의 희곡으로 맥박치고 있었다. 이러한 시대와 이러한 나라에서 태어나 조금이라도 소질이 있는 자라면 누구나 활약할 수 있는 무대가 펼쳐 있었다.

베이컨을 위대하게 만든 것은 바로 강대한 근대 국가의 가장 위대했던 시대, 곧 엘리자베스 시대의 영국이었다.

베이컨은 12세 때 케임브리지의 트리니티 칼리지에 입학하였다. 여기서 3년간 재학하는 동안에 그는 아리스토텔레스의 철학에 적의를 품게 되었고 철학을 스콜라적 논쟁으로부터 해방하여 인간의 실질적 행복에 이바지하는 것으로 전향시키려고 마음먹었다고 한다.

그는 16세의 약관에 프랑스 주재 영국 대사의 수행원으로 임명되면서 점차 관계(官界)에 진출하여, 마침내 그의 아버지 니콜라스 베이컨과 마찬가지로 국새상서의 지위에까지 올랐고 대법관이 되기도 하였다.

엘리자베스 여왕과 제임스 1세의 양대에 걸쳐서 화려한 정치 경력을 누렸으나 때로는 그가 젊은 시절 은고(恩顧)를 입었던 친구(에섹스 백작)를 배반함으로써 여왕의 환심을 사는 일이 있었는가 하면, 어떤 때는 제임스 1세를 위해서 전매 특허권을 부정 매매하여 민중을 괴롭히기도 하였다.

그리고 마침내 재판의 판결 때 수십만 파운드의 뇌물을 받음으로써 1621년에 수뢰죄로 런던탑에 갇히는 몸이 되었다. 이리하여 그의 빛나는 관직 생활은 하루아침에 전락하고 말았다. 만년의 5년 동안은 실의를 되씹으면서 연구와 저작에 몰두하였고, 1626년 겨울에 독감으로 세상을 떠났다.

베이컨은 마치 플라톤의 철인 정치에서 보는 것처럼 자기의 사상을 실천에 옮기기 위해 무엇보다도 권력이 필요하다고 생각하였다. 그리하여 그는 정치적 실각을 할 때까지 끊임없이 높은 관직을 추구하였다고 한다. 그러나 그는 관직 생활을 할 때의 추문과는 달리 사상가로서는 세상에 기여한 바가 컸고 또 높이 평가되고 있다. 즉 그의 학문상의 공적이란, 새로운 학문을 개척하기 위해서 먼저 고대 및 중세의 낡은 사고방식 내지 학문 방법을 타파하고 그 위에다 새로운 학문에 알맞은 새로운 연구방법을 수립한 데 있었다.

이것을 좀더 단적으로 말하면, 첫째는 15, 6세기에 이르는 고대 및 중세의 낡은 학문과 사상을 타파하는 일이요, 둘째는 근대 과학의 새로운 연구방법을 발견함으로써 그것을 수립하는 일이다. 전자를 대표하는 것이 우상 파괴의 사상이며, 후자의 그것이 귀납법의 확립이다.

베이컨의 주요 저서로는 《학문의 진보》(1605), 《노붐 오르가눔》(1620), 《헨리 7세의 역사》(1622), 《뉴아틀란티스》(1624) 《수상록》(1597~1625) 등이 있다.

베이컨의 저작은 매우 다방면에 걸쳐 있으며 그 대부분은 라틴어로 씌어져 있다. 베이컨은 당시의 지식인으로서 라틴어에 능통했다. 당시의 라틴어는 국제어요, 학술어였기 때문에 베이컨은 자기의 저작을 영구히 보존하기 위해서, 그리고 유럽의 모든 사람들에게 읽히기 위해서 라틴어로 썼다고 한다.

《수상록》은 처음엔 그 내용이 10편의 에세이로 이루어진 조촐한 것이었다. 1597년에 처음으로 빛을 보게 되었고 여기에다 가필을 하기도 하고 시편을 더해서 30편의 내용으로 된 제2판이 나온 것은 1612년이고, 1625년 즉 베이컨이 사망하기 전해에는 총 58편의 내용으로 된 제3판이 출판되었다. 여기에다가 미완(未完)으로 남아 이 책은 '생활과 도덕에 관한 충언(忠言)'이라는 부제(副題)가 붙어 있다.

"나는 이 책을 여러 가지 연구의 여기(餘技)로밖에 생각지 않습니다. 하지만 이 책은 다른 책보다도 내 이름에 광휘와 명성을 부여할 것입니다"라고 그는 어떤 편지에서 쓰고 있는데, 사실 그대로 36세 때 이 책이 세상에 나오자 일약 문명(文名)을 떨쳤다.

베이컨의 《수상록》은 초판으로부터 3판이 나오기까지의 오랜 세월에 걸쳐서 씌어진 것이기 때문에 말하자면 베이컨과 더불어 성장해 왔다고 볼 수 있으며, 베이컨의 사상과 생활의 전개를 구체적으로 나타내고 있을 뿐 아니라 그의 사상의 특이성을 가장 잘 나타내고 있다. 그러므로 베이컨의 사상을 이해하기 위해서는 먼저 그의 《수상록》을 읽는 것이 좋을 것이다.

예를 들면 〈학문에 관하여〉라는 에세이는 베이컨이 비교적 젊었을 때 씌어졌으며, 차츰 나이가 들어감에 따라서 〈높은 지위에 관하여〉〈통치에 관하여〉〈담화에 관하여〉 등 정치적·사교적인 방면의 테마를 선택했다. 그리고 노년에 이르러 경제적인 여유가 생기고 난 다음에는 〈건축에 관하여〉〈정원에 관하여〉라는 에세이를 썼다. 우리는 그의 에세이를 통하여 베이컨이란 한 사람의 인생 역정(歷程)을 살필 수가 있다.

분명히 그의 《수상록》은 그가 책에 대해서 쓴 "어떤 책은 음미해야 하며, 또 어떤 책은 삼켜야 하며, 약간의 책은 잘 씹어서 소화시켜야 한다"는 글처럼 잘 씹어 소화시켜야 할 소수의 책 가운데 하나이다.

베이컨은 문장을 길게 늘이기 위한 소화(笑話)·진담(珍談)·삽입구를 몹시 싫어했으며 말의 낭비를 경멸했다. 그는 짧고 간결한 문구에 무한한 재보(財寶)를 담았으며 에세이마다 한 페이지나 두 페이지로 집약하여 인생의 중요 문제에 관한 달인(達人)의 명민(明敏)한 지혜의 정수(精髓)를 심었다.

영문학에 있어서 베이컨만큼 함축성 있고 또한 간결하고 적절한 비유를 사용한 사람은 없다. 비유를 함부로 늘어놓은 것은 어느 의미에서 베이컨 문체의 유일한 결점이기도 하다. 끝없는 은유와 풍자와 암시는 우리의 감성과 이성을 자극하여 마침내는 우리를 아주 지치게 해버린다.

베이컨의 《수상록》은 몹시 걸직하고 질긴 식물처럼 한 번에 많은 양은 소화할 수는 없다. 그러나 한 번에 넷이나 다섯 정도면 가장 적당한 지적 양식이 될 수 있을 것이다.

몽테뉴의 《수상록》이 은퇴한 학자의 여가의 소산이라면 베이컨의 그것은 실질적인 실무가의 응집된 영지(靈智)를 구현한 것이라고 할 수 있다.

그의 《수상록》의 묘미는 실리주의에 있으며 생활의 지혜를 가르치고 있다는 점에 있다. 월 듀란트는 베이컨의 《수상록》을 평해서 "이처럼 많은 고기가 이처럼 잘 조리(調理)되어 이처럼 작은 접시에 많이 담겨진 것은 드물 것이다"라고 하였다.

베이컨의 《수상록》은 오늘날에도 살아 있으며 그에 관한 연구서는 현재도 계속 간행되고 있다. 그의 저작 특히 《수상록》은 영국 문학의 고전으로서 지금도 역시 영국뿐 아니라 전세계에서 읽히고 있다.

최혁순(번역문학가)

서 문

서로 사랑하고 사랑받고 있는 형님,

저는 지금, 나쁜 이웃을 가진 과수원의 주인이 도둑 맞지 않으려고 설익은 과실을 따는 것과 같은 짓을 하고 있습니다. 제 사상의 단편이 인쇄되어 나오려 하고 있었습니다.

그것을 막으려고 노력하는 것은 어려운 일이기도 하고 논쟁도 벌여야 했으며, 그것을 그대로 놓아두면 위해(危害)를 받을 위험도 있을 것입니다. 진짜가 아닌 판본(版本)도 있을 것이며, 또 무엇인가를 덧붙이려고 생각하는 자가 제멋대로 출판할지도 모릅니다.

전에 제가 펜을 놓았을 당시 그대로의 상태로 그것을 제 스스로 출판하고, 저자의 약점은 별문제로 치고라도 그 이상 불미한 일이 없도록 하는 것이 가장 분별 있는 일이라고 생각했습니다.

그리고 제가 항상 생각하고 있던 일이었습니다만 사람들의 사상을(특별한 성질의 것인 경우를 제외하고는) 세상에서 철회시켜 두는 것은 그것을 밀어내 놓은 것에 못지않게 헛수고일지도 모르는 일입니다.

그와 마찬가지로 다음의 여러 가지 자질구레한 문제에 있어서 저는 저 자신이 이단 심문관(異端審問官)의 역할을 하고, 제가 이해하는 한 그 가운데에는 종교나 풍속에 반대나 유해한 것은 없으며 오히려(제 상상으로는) 유익한 것이 있다고 생각합니다.

다만 제가 지금까지 이것들을 세상에 내놓기가 싫었던 것은 이것들이 최근의 반 페니 화폐 같은 것으로, 은(銀)은 질이 좋은 것이지만 형태가 작다는 것이었습니다.

그러나 언제까지나 주인 곁에 머물러 있지 못하고 부득이 밖으로 떠나가려고 하니, 저로서는 저와 가장 가까운 당신에게 이것을 그대로 우리 두 사람 사이의 애정에 바치기로 합니다.

그 깊이에 있어서는(단언하지만) 저는 가끔 허약한 당신을 생각하면 제가 대신 허약했으면 좋으리라고 생각할 정도입니다.

여왕 폐하께서는 실로 활동적이고 유능한 사람을 써주시고, 저는 저에게 가장 적합한 사색과 연구에 몰두할 수 있는 이유가 생기고, 그리고 신성한 여왕 폐하가 오래도록 당신을 권할 수 있도록 하는 생각에서입니다.

그레이스 인 법학원의 저의 방에서
진심으로 사랑을 바치는 동생
프랜시스 베이컨

친애하는 형님
안토니 베이컨 귀하[1]

---

1 니콜라스 베이컨 경의 두번째 부인의 아들로 프랜시스 베이컨의 형. 재능은 있었으나 허약하고 2대째 에섹스 백작의 외교 사무 등을 보았으나 젊은 나이에 죽었다.

진리에 관하여

진리가 무엇이냐 하고 빌라도는 경멸하면서 말했다. 그리고 그 대답을 기다리려고도 하지 않았다(《요한복음》 18장 38절). 확실히 세상에는 항상 생각을 바꾸는 일을 기쁨으로 삼는 사람들이 있다. 고정된 신념을 일종의 속박이라 느끼고 사고(思考)에 있어서나 행동에 있어서나 자유 의지를 좋아한다.

이 같은 유파(流派)의 철학자들[1]은 이미 사라지기는 했지만 생각을 항상 바꾸는 이런 유의 사람들은 아직도 남아 있으며, 그 경향은 비슷하다. 다만 그들에게는 고대 그리스, 로마인들에게서 찾아볼 수 있었던 그런 혈기는 볼 수 없을 뿐이다.

그러나 사람들이 진리를 발견하려고 할 때 느끼는

---

[1] 아리스토텔레스와 거의 같은 시대의 회의 철학자들.

곤란하고 힘든 일 때문에, 또 그것이 발견되었을 경우에 사람들의 사고를 속박하게 된다는 일 때문에, 사람들이 거짓을 좋아하는 것은 아니다. 그것은 자연적인 거짓 그 자체를 사랑하는 타락된 생각이 있기 때문이다. 그리스 말기의 어떤 학파의 한 사람[1]은 이 문제를 검토하여, 시인들처럼 쾌락이 생기는 것도 아니고, 또 상인들처럼 이익을 가져다 주는 것도 아닌데 사람이 거짓을 위해서 거짓을 사랑하는 것은 무슨 까닭인가 하는 문제를 고민하고 있었다.

잘 알 수는 없지만 적나라한 한낮의 광선과도 같은 이 진리라는 것이 어째서 세상이란 무대 위에 오른 가면극이나 무언극을 촛불만큼도 당당하고 우아하게 비추지 못하는 것인지. 진리는 아마도 백주에 가장 아름답게 보이는 진주(眞珠)의 가치만큼은 지니고 있을 것이다. 그러나 여러 가지 빛을 받고서야 가장 아름답게 보이는 다이아몬드나 루비의 가치에는 미치지 못할 것이다.

허위(虛僞)가 가미된다는 것은 확실히 기쁨을 더해 준다. 인간의 마음속에서 공허한 의견이나 마음을 들

---

[1] 2세기경의 사모사타의 루키아노스. 그의 저서에 《거짓의 애호자》라는 것이 있다.

뜨게 하는 희망이나 그릇된 평가나 망상 따위를 제거한다면 많은 사람들의 마음은 가난하고 위축되어 우울과 권태로 충만하여 제 자신까지도 미워하게 된다는 것을 누가 의심할 것인가.

초기 크리스트교의 교부(敎父)의 한 사람은 시를 '악마의 술'[1]이라고 신랄하게 말했다. 시는 상상력을 충족시켜 주기는 하지만 허위의 그림자를 가지고 충족시켜 주는 데 불과하다는 것이다. 허위 가운데서 해를 끼치는 것은 마음속을 스쳐 가는 허위가 아니라 마음속에 침잠(沈潛)하여 공정해 버리는 허위인 것이다.

이에 관해서는 이미 말한 바 있다. 그러나 인간의 타락된 판단력이나 감정 속에서 이러한 것이 어째서 생기는가 하는 문제는 다음으로 미루어 놓고, 오직 진리란 원래 스스로를 판단하는 데에 진리 이외에 다른 기준을 두지 않는다.

진리가 가르치는 바에 의하면 진리의 탐구는 진리에 구애(求愛) 또는 구혼(求婚)하는 행위이고, 진리를 인식함은 진리의 예찬이다. 그리고 진리에 대한 신앙은 진리의 향수이고, 인간성의 가장 높은 선(善)인 것이

---

[1] '악마의 술'이라는 말은 베이컨이 히에로니무스의 〈서한〉과 아우구스티누스의 〈고백〉 속의 말을 같이 섞어서 쓴 것 같으며, 같은 말이 〈학문의 진보〉에서도 나온다.

다.

여러 날에 걸친 신의 노작(勞作) 가운데서 신이 최초로 창조하신 것은 감각의 빛이었으며, 최후의 것은 이성(理性)의 빛이었다. 그리고 그 이후 오늘에 이르기까지 신의 안식일의 작업은 그 성령(聖靈)으로 인간의 마음을 비추는 것이다.

신은 우선 최초로 물질 즉 혼돈계(混沌界) 위에다 빛을 불어넣으시고, 다음에는 인간 위에다 빛을 불어넣으셨다. 그리고 항상 그 선민(選民)들 위에 숨결을 불어넣고, 광명을 계속해서 불어넣고 계시다. 여러 가지 점에서 열등한 철학파[1]를 치장한 어느 시인[2]은 다음과 같은 훌륭한 말을 하고 있다.

"해변에 서서 선박이 파도에 흔들리는 것을 보는 것은 즐겁다. 성곽(城郭)의 창에 기대서서 그 아래에서 전개되고 있는 전투 장면을 구경하는 것도 즐겁다. 그러나 어떠한 즐거움도 진리라는 우월한 위치에서 내려다보는 것과는 비교할 바가 못 된다(그 언덕은 다른 곳으로부터 내려다보이는 일도 없으며, 그곳의 공기는 언제나 맑고 잔잔하다). 그리고 저 밑의 골짜기에서 일어나는 오류(誤

---

[1] 에피쿠로스 등의 쾌락주의 철학의 일파를 가리킨다.
[2] 로마의 시인인 루크레티우스(B.C. 96~55)의 〈사물의 본성에 관하여〉 2·1

謬)나, 방황이나, 안개나, 폭풍 따위를 내려다볼 수 있다."

그러나 이러한 광경은 항상 교만이나 자만심이 아닌 연민(憐憫)으로써 바라보아야 한다. 확실히 지상천국이란 인간의 마음이 자애롭게 움직이고, 하늘의 섭리 속에 안주하며, 진리의 양극(兩極)을 축으로 하여 회전시킨다는 것을 의미한다.

신학적, 철학적 진리부터 일반 문제의 진리로 이야기를 옮겨 보자. 공명정대한 거래가 인간 본성의 명예라는 것은 그것을 실행하지 않는 사람일지라도 인정할 것이라고 생각한다. 그리고 거짓을 섞는다는 것은 금화나 은화 속에 나쁜 금속을 섞는 것과 같아서 겉으로는 좋아 보일지 모르나, 그 품질은 떨어지게 된다. 이러한 비뚤어진 길은 두 발로 서서 걷는 인간의 길이 아니라 비열하게도 배로 기어가는 뱀의 길이다. 거짓을 말하고 또한 불성실함을 아는 것처럼 인간을 치욕으로 뒤덮는 악덕은 없다.

그러므로 몽테뉴는 거짓말이 왜 그처럼 수치이며, 혐오해야 할 비난의 대상이 되는가에 대해 다음과 같이 말하고 있다.

"잘 생각해 보면 어떤 사람이 거짓말을 한다고 하는 것은 그 사람이 신에 대해서는 용감하고 인간에 대해서는 비겁하다는 것과 같다."[1]

왜냐하면 거짓이라는 것은 신에게는 정면으로 대하면서도 인간에 대해서는 움츠리게 되는 것이기 때문이다. 허위와 신앙의 파기(破棄)가 사악하다는 것을 가장 지독하게 표현한 것은, 그것이 여러 세대(世代)의 인간 위에 하나님의 최후의 심판을 부르는 마지막 나팔 소리가 될 것이라는 말이다. 즉 그리스도가 재림할 때는 "세상에서 신의(信義)를 볼 수 있겠느냐"[2]라고 말하고 있기 때문이다.

---

[1] 몽테뉴 자신의 말이 아니고, 그가 그의 《수상록》에서 '한 사람의 고대인'으로서 플루타르코스 《그리스 로마 영웅전》〈류산드로스 편〉의 일절을 인용한 것.
[2] 〈누가복음〉 18장 8절에는 '믿음'이라고 있으며, 베이컨이 말하는 '신의'와는 다르다. 베이컨은 당시 이미 존재하고 있던 제임스 1세의 흠정(欽定) 영역 성서(英譯聖書)에 의하지 않고, 재래의 라틴어 역 우루가다 성서를 이 경우에 적합하도록 멋대로 해석하고 있는 것 같다.

죽음에 관하여

인간이 죽음을 두려워하는 것은 마치 어린아이들이 어둠 속을 걷기를 두려워하는 것과도 같다. 그리고 어린이들의 경우, 그 두려움이 여러 가지 이야기를 들어서 커지는 것처럼 어른들의 죽음에 대한 공포도 역시 똑같다. 확실히 죽음을, 그것이 죄의 대가이며, 저 세상으로 가는 길로 생각하는 것은 신성하고 종교적이다. 그러나 죽음을 두려워하고 자연에 대한 당연한 공물(貢物)처럼 생각하는 것은 나약한 짓이다.

종교적인 명상(瞑想) 속에는 가끔 허영심과 미신이 섞여 있는 수가 있다. 수도사들의 고행(苦行)에 관한 어떤 책 속에서 읽을 수 있는 것이지만[1] 사람들은 만일

---

1 프란체스코, 칼멜, 도미니크, 아우구스티누스 등 수도회의 탁발 수도사들을 가리킨다. 고행을 하지만 특히 여기서 말하고 있는 것과 같은, 그런 책은 찾아볼 수 없다.

자기의 손가락 끝을 누르거나 아프게 하면 고통이 어떤 것인가를 스스로 알 수 있으며 이것으로써 육체 전체가 부패되거나 분해되었을 경우에 죽음의 고통이 어떤 것인가를 상상할 수가 있을 것이다. 그러나 대개의 경우, 죽음은 손, 발의 상처가 주는 고통보다도 작은 고통으로 끝나게 마련이다. 왜냐하면 치명적인 곳이 반드시 가장 감각이 예민하다고는 할 수 없기 때문이다.

"두려운 것은 죽음 그 자체보다는 오히려 죽음과 더불어 오는 것이다(세네카 〈서한〉 24)"라는 말이 있다. 신음 소리라든가, 경련, 안색이 변하는 것, 슬피 우는 친구, 검은 상복(喪服), 장례식 같은 것들이 죽음을 무서운 것으로 보이게 한다.

인간의 마음속에 있는 감정은 죽음의 공포를 눌러 극복할 수 없을 만큼 약한 것은 아니라는 것을 잘 알아 두어야 한다. 그러므로 인간은 상대방과 싸워 이길 수 있는 수행원을 많이 거느리고 있을 때에는 죽음이 그다지 무서운 적은 아니다. 복수심은 죽음을 극복하고, 사랑은 죽음을 가볍게 생각하며, 명예심은 죽음을 동경하고, 슬픔은 죽음을 향해서 도망치며, 공포는 죽음을 앞질러 간다.

사실 어떤 책에 의하면, 오토 황제[1]가 자살한 후, 연민(憐憫)의 정(이것이 여러 감정 가운데서도 가장 섬세한 것이지만)이 군주에 대한 순수한 동정심과 또 충성심을 불러일으켜 많은 신하들을 순사(殉死)케 하였다.

세네카는 또 죽음에 이르게 하는 원인으로써 불만과 포만(飽滿)을 덧붙이고 있다. "우리가 얼마나 오랫동안 같은 일을 되풀이하고 있는가를 생각해 보라. 용감한 사람이나 비참한 사람만이 죽음을 원하는 것은 아니다. 권태로운 사람도 죽음을 원하게 된다."[2]

용감하지도 비참하지도 않은 사람도 죽는 것이다. 그것은 같은 일을 몇 번이고 되풀이하는 것을 견딜 수 없기 때문이다.

위대한 정신의 소유자인 경우에는, 죽음이 다가오더라도 거의 동요를 일으키지 않는다는 것은 주목할 만한 사실이다. 이러한 사람들은 최후의 순간까지 조금도 다를 바 없이 생각한다.

아우구스투스는 영결(永訣)의 인사를 하면서 죽었다——"잘 있소. 리비아[3] 우리의 결혼 생활을 영원히 잊

---

[1] 로마 황제(재위 69년 1월~3월).
[2] 세네카 〈서한〉 77에 있는 '나의 스토아 학파의 친구'의 말을 인용하고 있다.
[3] 스에토니우스 아우구스투스 리비아는 아우구스투스의 아내.

지 마시오"라고 말했다. 티베리우스는 시치미를 떼면서 죽었다. 타키투스는 그에 대해서 이렇게 말했다. "그의 육체의 힘은 없어졌지만 그 시치미를 떼는 힘만은 남아 있었다."[1] "베스파시아누스는 의자에 앉으면서 "나는 신이 되어 가고 있는 것 같다"[2]는 농담을 하였다. 갈바는 "쳐라! 만일 그것이 로마 인민을 위한 것이라면"[3]이란 말을 외치면서 그의 목을 내밀었다. 셉티미우스 세브루스는 "만일 내가 할 일이 남아 있다면 어서 가져오라"[4]고 하면서 죽었다.

확실히 스토아 학파의 사람들은 죽음을 지나치게 높이 평가하여, 죽음에 대한 준비를 거창하게 함으로써 한층 죽음을 두려운 것처럼 생각하게 만들었다. "생명의 종말은 자연이 베푸는 은혜의 하나이다(유베날리스 〈풍자시〉 2·1·14)"라고 한 시인의 말이 도리어 낫

---

1 티베리우스는 로마 황제(재위 14~37). 인용은 타키투스 《연대기》.
2 베스파시아누스는 로마 황제(재위 69~79). 인용은 스에토니우스 《베스파시아누스》 23. 로마 황제는 죽으면 신이 된다고 하였다.
3 타키투스의 《역사》 1·41. 플루타르코스의 《그리스 로마 영웅전》 〈갈바편〉. 갈바는 황제 네로에 대한 반란의 선두에 섰고, 그의 자살 후, 황제가 되었으나(재위 68~69), 병사 보상 문제로 인기를 잃고, 가두에서 병사들에게 타살당했다.
4 세브루스는 로마 황제(재위 193~211). 인용은 〈디오 카시우스〉 76·17.

다. 죽는 일은 태어나는 것과 마찬가지로 자연스러운 일이다. 그리고 갓난아기에게는 태어나는 것은 죽는 것과 마찬가지로 고통스러운 것이 아닐까.

무엇인가를 열심히 추구하고 있는 도중에 죽는 사람은 무엇에 열중하고 있는 동안 부상을 입는 사람과 흡사하다. 그는 당장에는 아픔을 거의 느끼지 않을 정도이다.

그러므로 어떤 좋은 일에 전심전력하는 사람에게는 죽음의 슬픔이 끼어들 틈이 없다. 그러나 특히 사람이 가치 있는 목적을 기대한 대로 달성시켰을 때 성서의 말을 노래로 한, 참으로 가장 아름다운 성가(聖歌)는 "주여, 주께서 이제는 주의 말씀대로 이 종을 편안히 놓아주시옵소서(〈누가복음〉 2장 29절의 시몬의 말)"라는 말이다.

죽음에는 다음과 같은 말도 있다. 즉 그것은 명성(名聲)의 문을 열고 질투의 불을 꺼버린다. 그래서 "살아 있을 때 질투를 받았던 사람도 죽으면 사랑을 받게 된다(호라티우스 〈서한시〉 2·1·14)"고 했던 것이다.

복수에 관하여

복수란 일종의 야성적인 재판이다. 인간의 본성이 그것에로 달려가면 갈수록 법률은 이를 더욱 뿌리째 뽑아 버려야만 한다. 왜냐하면 그 첫째의 부정은 법률을 어기는 것뿐이지만 그 부정에 대한 복수는 법률을 쓸모 없는 것으로 만들어 버리기 때문이다.

확실히 복수를 할 때 사람은 그의 원수와 대등하지만, 이를 불문에 부치면 그는 우월한 위치에 서게 된다. 왜냐하면 용서는 군주의 덕이기 때문이다. 그리하여 솔로몬은 확실히 "허물을 용서하는 것이 인간의 영광이니라(잠언19·11)"고 말하고 있다.

과거는 지나간 것이며 돌이킬 수 없다. 그래서 슬기로운 사람들은 현재와 장래에 해야 할 일들을 많이 가지고 있다. 그러므로 지나간 일로 인해 시달리는 사람은 자기 자신을 하찮게 만들 뿐이다. 세상에는 부정을 위해 부정을 하는 사람은 한 사람도 없다. 다만 그렇게 함으로써 이익이라든가 쾌락이라든가 명예와 같은 것을 추구하려고 하는 것이다.

그러므로 남이 나 이상으로 자기 자신을 사랑한다고 해서 내가 화를 내야 할 이유가 있을까. 그리고 만일 어떤 사람이 단순히 그의 나쁜 본성으로 인해 그릇된 행동을 한다면, 그것은 가시나 찔레에 불과한 것이며, 찌르고 할퀴고 하는 것은 그들이 그것 외에 달리 어떻게 할 수가 없기 때문이다.

복수 가운데서도 가장 너그럽게 봐줄 수 있는 경우는, 보상할 법률이 전혀 없는 부정을 대상으로 할 때이다. 그러나 그런 경우에는 그 복수가 처벌할 법률이 없는 경우라는 것을 주의해야 한다. 그렇지 않으면 적은 언제나 선수를 써서 1대 2의 형세가 되고 만다.

복수를 할 때 어디서부터 그것이 오게 되었는가를 상대방에게 알리려고 하는 사람이 있다. 이것은 비교적 관대한 편이다. 왜냐하면 그 복수의 기쁨은 상대방에게 해를 끼치는 것보다는 오히려 상대방으로 하여금 후회하도록 하는 데 있기 때문이다. 그러나 비열하고 교활한 비겁자는 어둠 속에 날아오는 화살과도 같다.

플로렌스의 공작 코스무스[1]는 배신하거나 태만한 친구들에게 대해서도 마치 그것은 용서할 수 없는 잘못인 것처럼 통렬한 비난을 했다 —— "우리의 적을 용서하라고 명령받고 있다는 것을 그대들은 책에서 읽을 것이다. 그러나 우리의 친구를 용서하라고 명령받고 있는 것은 결코 읽을 수 없을 것이다"라고 그는 말하였다. 그러나 욥의 정신은 아주 훌륭한 데가 있다.

"우리가 하나님께 복을 받았은즉 재앙도 받지 아니하겠느뇨?(욥기2·10)"라고 그는 말하였다. 그리고 친구에 대해서도 어느 정도 그럴 것이다. 확실히 말할 수 있는 것은 복수를 생각하고 있는 사람은 자기의 상처를 언제까지나 생생한 채로 지니고 있다. 그러나 복수를 생각지 않게 되면 상처는 다 아물 것이다.

공적인 복수는 대부분 좋은 결과를 가져 온다. 예를 들면 카이사르의 암살의 경우나, 페르티나크스[2]의 암

---

[1] 플로렌스의 공작(1519~1574), 토스카나의 공작이 된 코스무스 데 메리치를 가리킨다. 인용의 출전은 분명하지 않다.

[2] 126~193. 192년 콘모도우스 황제가 암살된 후, 황제가 되었으나 정치의 대개혁을 의도하여, 친위대의 반감을 사고 재위 3개월 만에 암살당했다. 셉티미우스 세월스는 이에 대한 복수 후, 재위에 올라 선정을 베풀었다.

살, 그리고 프랑스의 앙리 3세[1]의 암살 등, 그 밖에도 많은 예들이 있다.

그러나 사적인 복수는 그렇지가 못하다. 아니 도리어 복수심이 강한 사람은 마녀의 생활을 하게 되는 것이다. 자기가 상대방에게 해를 끼치지만 마찬가지로 자신의 말로도 불운하다.

---

1 위그노 전쟁에서 앙리 3세가 수도사 자크 클레망에 의해 암살을 당한 후, 앙리 4세가 뒤를 잇고 낭트의 칙령으로 종교전쟁에 종지부를 찍었다. 그렇다고 앙리 3세의 원수를 앙리 4세가 갚은 것은 아니다.

역경에 관하여

　세네카의 의기에 찬 말에(스토아 학파를 본뜬 것이기는 하지만) "순탄한 생활은 바람직한 것이지만, 역경은 찬양할 만한 것이다"라는 말이 있다. "순탄한 삶 속의 선은 바람직하며, 역경 속에서도 선은 할 수 있다"[1]라고 한다.

　확실히 기적이라는 것이 자연에 대한 통제라고 한다면, 그것은 역경 속에서 가장 잘 나타난다. 이보다도 더욱 의기에 찬 그의 말이 있다.(이교도로서는 지나치게 의기에 찬 것이지만) 그는 "인간의 약점과 신의 가호를 갖는 것은 실로 위대한 일이다"라고 말하고 있다.

　동시에 인간의 약함과 신의 불안감에서의 해방을

---

[1] 세네카(B.C. 5~A.D. 65)는 폭군 네로의 교사였으나, 후에 그의 명령에 의해 자살하였다. 인용은 각각 〈서한〉에 있다. 이 부분이 원문에서는 영어로 쓴 것을 라틴어로 다시 한 번 말하고 있다.

갖는 것은 진정 위대하다는 것이다. 이 말은 과장이 더욱 많이 허용되는 시로써 표현했다면 더욱 좋았을 것이다. 그리고 사실상 시인들은 부지런히 그것을 다루고 있다.

숨은 뜻이 없지도 않지만 그리스 시인들의 이상한 이야기 속에 함축되어 있는 것도 결국 그것이다. 아니 크리스트교도의 모습에 어느 정도 접근하고 있다고 보여지는 것이 실제로 묘사되어 있다. 즉 헤라클레스가 프로메테우스[1](프로메테우스는 인간성을 표현하고 있다)를 구출하려고 갔을 때, 대해(大海)의 끝까지 흙으로 된 항아리와 물주전자를 타고 항해하였다고 한다.

이것은 크리스트교도들의 결의를 생생하게 묘사하고 있는 것이며, 육체라고 하는 연약한 배를 타고 세상의 풍파를 헤치며 항해한다는 뜻이다.

그러나 좀 온건하게 이야기하기로 하자. 순경의 미덕은 절도이고, 역경 속의 미덕은 인내이다. 이것은 도덕 가운데서는 한층 영웅적인 미덕이다. 순탄한 삶

---

[1] 하늘의 불을 가져다 인간에게 주었기 때문에 제우스의 노여움을 사, 코카서스 산성의 바위에 결박당하고, 그 심장과 간장은 독수리의 먹이가 되었다. 헤라클레스는 독수리를 죽이고 프로메테우스를 구했다고 하나, 바다를 흙으로 된 항아리를 타고 건넜다는 이야기는 찾아볼 수 없다.

은 구약성서의 축복이며, 역경은 신약성서의 축복이다. 신약은 보다 큰 은혜와 하나님 가호를 더욱 분명하게 나타내 주는 계시를 가져다 준다.

그러나 구약의 경우에서도 다윗의 하프의 시편[1]에 귀를 기울인다면 환희의 노래와 거의 같은 수의 비탄의 노래를 들을 수 있다. 그리고 성령의 붓[2]은 솔로몬의 영화보다는 욥의 고난을 서술하는 데 더 많은 힘을 들이고 있다.

순탄한 삶이라고 해서 두려움과 불쾌가 없지는 않다. 그리고 역경에도 기쁨과 희망이 없는 것이 아니다. 우리는 재봉이나 자수에서 침침하고 장엄한 바닥에다 화려한 무늬를 놓을 때 밝은 바닥 위에다 어둡고 침울한 무늬를 놓는 것보다 더 쾌감을 느낀다. 그러므로 마음의 쾌감을 눈의 쾌감으로 판단하는 것이다.

확실히 미덕은 고귀한 향기와도 같다. 향은 불에 태우거나 으스러뜨렸을 때 가장 향기롭다. 순탄한 삶은 악덕을 가장 잘 나타내지만 역경은 미덕을 가장 잘 나타낸다.

---

1 〈시편〉의 몇 편은 다윗의 작품이라고 한다.
2 《성서》는 성령의 인도하심에 의해 쓰여졌다고 한다.

위장과 가식에 관하여

 가식은 일종의 얄팍한 정책 또는 지혜이다. 강한 지성과 강한 심정이 있고서야 비로소 진리를 말하고 또 그것을 실행할 때를 안다. 그러므로 위대한 위선자는 보잘것없는 정치가라 할 수 있다.

 타키투스는, 리비아[1]는 그의 남편의 술책과 아들의 위장술을 잘 조화시키고 있었다고 말했다. 술책 또는 정책에 관해서는 아우구스투스를, 위장술은 티베리우스에게 돌리고 있다.[2] 그리고 또 무시아누스[3]가 비텔

---

1 아우구스투스의 아내 리비아(B.C. 58~A.D. 29)는 전 남편과의 사이의 아들 티베리우스를 제왕으로 앉히기 위해 아우구스투스를 독살하였다고 하며, 적어도 그 병상을 감추기 위해 여러 가지 술책을 썼다. 아우구스투스도 역시 술책이 많은 사람이었다고 한다.

2 티베리우스는 위험한 환경에서 성장하였기 때문에 대단히 신중하여, 자기 생각을 함부로 밝히지 않았다고 한다.

3 로마의 집정관. 69년에 오토와 비텔리우스 사이에 내란이 일어났

리우스에게 반란을 일으키도록 베스파시안을 충돌질할 때, 그는 "우리는 아우구스투스의 날카로운 판단력, 티베리우스의 대단한 조심성과 치밀성에도 적대시해서는 안 된다"고 말하였다. 이러한 특성, 즉 술책이라든가 정책이라든가, 그리고 기만이라든가 치밀성 등은 실제로 서로 다른 습성이며 능력이어서, 구별하지 않으면 안 된다. 만일 어떤 사람이 통찰력과 뛰어난 판단력으로써 무엇을 밝히고 무엇을 비밀로 하며, 무엇을 막연하게 표시해야 하는가, 그리고 누구에게 언제 공포해야 할 것인가 하는 것들을 식별할 수 있다면[이것들은 타키투스가 적절하게 말하고 있는 것처럼 치국(治國)의 기술이며 처세술이다], 그러한 사람에게 있어서의 기만의 습성은 장애물이며 결점이 된다.

그러나 사람이 만일 그러한 판단력에 도달할 수가 없다면 일반적으로 은폐와 기만이 남게 된다. 왜냐하면 임기응변으로 적절한 조치를 선택할 수가 없는 사람의 경우에는 일반적으로 가장 안전하고 가장 신중한 방법을 취하는 것이 좋기 때문이다. 이것은 눈이 잘 보이지 않는 사람이 천천히 걸어가는 것과 같다.

을 때, 사이가 좋았던 시리아의 장관인 베스파시안을 충동질하여 거병시켜 비텔리우스를 물리치려고 하였으나 실패하였다.

확실히 가장 유능한 사람들은 모두 그 행동거지에 있어 공명정대하고 솔직하였으며, 정직하고 진실성이 있다는 평판을 얻고 있다.

그러나 그러한 사람들은 잘 훈련된 말과 흡사하다. 왜냐하면 그들은 언제 서야 하며 언제 돌아가야 하는가를 잘 알고 있기 때문이다. 그리하여 그들이 참으로 시치미를 뗄 필요가 있다고 생각되는 경우에, 만약에 그들이 시치미를 떼며 위장술을 쓰더라도 종전의 신의와 공명정대한 행동에 대한 호평으로 그들의 행동은 거의 남의 눈에 띄지 않게 되는 것이다.

이리하여 사람이 자신을 은폐하는 데에는 세 가지 단계가 있다. 첫째는 덮어두는 것, 보류하는 것, 비밀로 하는 것 등이다. 즉 남이 자기의 실제적인 모습을 볼 수 없도록 하고, 추측할 수도 없게 한다는 것이다. 둘째는 소극적인 은폐이다. 즉 그가 실제의 자기가 아니라는 징후나 이유 따위를 슬쩍 말하는 것이다. 셋째는 적극적인 위장(僞裝)이다. 즉 그는 자기에게 없는 것을 고의적으로, 또는 분명히 꾸미고 자처한다.

먼저 이들 가운데 첫번째 것인 비밀로 해서 숨기는 것에 관해서 말하면, 그것은 실제로 남의 고백을 듣는 사람에게는 미덕이다. 그리고 비밀을 잘 지키는 사람이 고백을 많이 듣는다는 것은 분명한 사실이다. 수

다스럽거나 말이 많은 사람에게 누가 자기 비밀을 실토하겠는가? 그러나 만일 어떤 사람이 비밀을 지키는 사람이라고 생각하면, 그것은 고백을 유도하게 된다.

예를 들면 보다 밀폐된 장소의 공기가 보다 개방된 장소의 공기를 흡수하는 것과 같은 것이다. 그리고 고백하는 경우, 털어놓는다는 것은 세상을 위한 것이 아니라, 다만 고백자의 마음을 안정시키기 위한 것이기 때문에 비밀을 잘 지키는 사람은 그렇게 하여, 여러 가지 일들을 알게 된다.

한편 사람들은 자기 마음을 알린다기보다는 자기 마음의 무거운 짐을 풀었다는 생각이 드는 것이다. 즉 비밀을 지킬 수 있는 사람은 비밀을 들을 자격이 있는 것이다.

한편(사실을 말하면) 적나라한 것은 육체의 경우와 마찬가지로 정신의 경우에 있어서도 보기 흉하다. 만약 사람들이 전적으로 자신을 드러내지 않는다면 그 사람의 태도와 행동에 대한 존경은 적잖이 더해질 것이다. 수다스럽고 쓸데없는 말을 지껄이는 사람들은 보통 허황되고, 또한 남의 말을 믿고 싶어한다. 왜냐하면 알고 있는 것을 지껄이는 사람은 모르는 것도 지껄이기 때문이다. 그러므로 비밀을 지키는 습성은 현명한 동시에 도덕적인 행위라는 점에서 분명한 것이다.

그리고 이 점에서 우리의 얼굴 표정이 혀가 말하는 것을 방해하지 않는 것은 좋은 일이다. 왜냐하면 안색에 의해서 인간의 본성이 폭로된다고 하는 것은 커다란 약점이며, 스스로를 배반하는 것이기 때문이다. 안색은 말보다도 더욱 주의를 끌게 되며, 신뢰를 받는 경우가 많다.

둘째 은폐에 관해서 말하면, 그것은 비밀리 하는 데에 필연적으로 수반되는 경우가 많다. 그러므로 비밀을 지키려고 하는 사람은 어느 정도 시치미를 떼는 사람임에 틀림없다. 왜냐하면 인간은 매우 예민하여서 어떤 사람이 비밀을 털어놓는 일과 은폐하는 일 사이에서 중립적인 태도를 취하도록 버려 두지는 않기 때문이다. 즉 어느 쪽에도 기울어지지 않고 비밀을 유지하게 만들지는 않는다.

그들은 여러 가지 질문을 퍼부어 유도하며, 비밀을 캐내려고 한다. 그러므로 어리석게 침묵을 지키지 않는다면 그는 어느 한쪽으로 기울어지지 않을 수가 없는 것이다. 비록 입을 열지 않는다고 하더라도 그들은 그 사람의 침묵을 가지고 이야기를 들은 것과 같은 결론을 끌어내게 된다.

속임수나 신탁(信託)과 같은 모호한 말은 오래 가지 않는다. 그러므로 누구든지 비밀을 지키려고 한다면,

아무래도 다소는 시치미를 떼지 않으면 안 된다. 시치미는 비밀의 끄트머리나 꼬리라고나 할까, 마치 옷자락과 같은 것이라고 말할 수 있다.

셋째 단계의 위장과 거짓말의 표명에 관해서는 나로서는 매우 중대하고 드문 경우를 제외하고는 시치미보다 더 한층 나쁘게 현명치 못한 것이라고 생각한다. 왜냐하면 위장의 일반적인 습성은(이것이, 즉 마지막 단계지만) 악덕이며, 그 원인은 천성적인 허영심이나 공포감, 또는 마음에 여러 가지 큰 결함이 있기 때문이다. 그것을 어떻게 해서든지 숨겨 두어야 할 필요 때문에 다른 일에도 위장을 하게 되며, 손이 둔해지지 않도록 노력하게 된다. 위장과 은폐의 커다란 이점은 세 가지가 있다.

첫째, 상대방을 안심시켜 놓고 놀라게 하는 것이다. 이것은 어떤 사람의 의도가 널리 알려져 있는 경우에는 그것이 일종의 경보(警報)가 되어 반대측에 있는 모든 사람들의 잠을 깨게 하는 것이 된다.

둘째, 자기 자신을 위해서 좋은 피난처를 준비해 두는 것이 된다. 왜냐하면 만일 사람이 명백한 발표에 의해서 자기를 결박하는 일을 한다면 그는 끝까지 버티고 나가든지 넘어지든지 하지 않으면 안 되기 때문이다.

셋째, 타인의 마음을 그만큼 더 잘 알 수 있다. 자기 의중을 밝히는 사람에게 반대의 태도를 취하는 사람은 거의 없을 것이다. 도리어 나아가서는 말의 자유에서 사상의 자유에로 옮아가게 될 것이다. 그러므로 스페인 사람들의 아주 날카로운 격언에 "거짓말을 함으로써 진실을 찾으라"라는 말이 있다. 마치 거짓이 아니고는 발견의 길이 없는 것처럼 되어 있다.

  그러나 거짓에는 그것에 버금가는 세 가지 불리한 점이 있다.

  첫째, 위장과 은폐는 보통 두려운 모양을 나타내는 것으로, 그것은 어떤 일에서나 과녁을 향해서 날아가는 화살을 잘못되게 한다.

  둘째, 속이지 않았다면 아마 그에게 협력할 수도 있었을 많은 사람들을 주저하게 하며 혼란시킨다. 그리하여 그 사람은 자기의 목적지까지 거의 혼자서 걸어가지 않으면 안 되게 된다.

  셋째로, 가장 불리한 점은 신뢰와 신념이라고 하는 행동의 가장 주요한 도구의 하나를 잃게 된다는 점이다. 가장 좋은 기질과 성질은 평판과 소문에는 솔직하며 비밀을 지키는 습성을 가지며 위장을 적당한 때에 사용하고, 어쩔 수 없을 때는 가식을 하는 능력이 있는 사람일 것이다.

어버이와 자녀에 관하여

  어버이의 기쁨은 비밀스러운 것이다. 그들의 슬픔과 근심 역시 그러하다. 그들은 기쁨이건 슬픔이건 입 밖으로 내지 않을 것이다. 자녀는 노고를 감미롭게 해 준다. 불행은 그들을 괴롭게 한다. 자녀는 생활의 걱정을 더하게 한다. 그러나 죽음의 우려를 덜어 주기도 한다.

  출생에 의한 종족 유지는 짐승과 마찬가지이다. 그러나 기억이라든가 공적이라든가 고귀한 사업 따위는 인간만이 갖는 것이다. 그리고 확실히 가장 고귀한 사업의 기반은 자녀가 없는 사람들로부터 나타났다는 사실을 사람들은 알 것이다. 그들은 육체의 형상을 남기지 못하기 때문에 정신의 형상을 표현하려고 노력하였던 것이다.

  이처럼 자손에 대한 관심은 자손이 없는 사람에게

더 강하다. 최초로 가문의 영광을 일으킨 사람은 그들의 자녀에 대해서 가장 관심이 많다. 왜냐하면 그들은 자녀를 그들의 혈육일 뿐만 아니라 자기 사업의 계승자라고 보기 때문이다. 이처럼 자녀와 사업은 그 이치가 같은 것이다.

여러 자녀들에 대한 어버이의 애정은 다 같다고는 할 수 없으며 부당한 경우도 때로는 있다. 특히 어머니에 있어서 그러하다. 예를 들면 "지혜로운 아들은 아버지를 기쁘게 하거니와 미련한 아들은 어머니의 근심이니라(〈잠언〉 10장 1절)"라는 솔로몬의 말처럼 말이다. 흔히 볼 수 있는 일이지만 자녀들이 많은 집에서는 한두 명의 가장 나이가 많은 아이들에게 제일 많이 주의를 기울이고, 가장 나이 어린 아이의 응석을 잘 받아주고, 가운데 아이들에게는 무관심하기가 쉽다. 그럼에도 불구하고 그러한 아이들이 가장 잘되는 수가 많다.

어버이들이 자녀들의 용돈에 인색하게 구는 것은 잘못이며, 해로운 일이다. 그것은 자녀들을 비열하게 하며, 수단을 부리는 것을 익히게 하며, 나쁜 친구들과 어울리게 한다. 그리고 그들이 일단 유복해지면 한층 낭비하게 된다. 그러므로 가장 좋은 결과는 자녀들에 대한 권위는 유지하지만 돈지갑은 너무 졸라매지 않았을 경우에 나타난다.

사람들은 어버이들이나 학교의 교사나 하인들이나 모두 유년시절에 형제간 사이에 경쟁을 하게 하거나 그것을 권하거나 하는 어리석은 짓을 한다. 이것은 그들이 성인이 되었을 때 불화의 씨가 되어 가정에 풍파를 일으키게 되는 일이 많다.

이탈리아 사람은 자기 아이들과 조카와 가까운 일가 사이에 거의 구별을 두지 않는다. 다만 같은 혈족에 속하기만 하면 비록 자기 몸에서 낳지 않았다 하더라도 상관이 없는 것이다.

그리고 사실상 자연 가운데서는 대체로 이와 같은 일이 많다. 예를 들면 우리의 피의 섞임에 따라서 조카가 그의 어버이보다도 백부나 다른 친척을 훨씬 많이 닮는 일이 있다.

어버이들은 일찌감치 자녀에게 권하고 싶은 직업이나 진로를 선택해야 한다. 왜냐하면 이 무렵에는 자녀들이 가장 유동적이기 때문이다. 그리고 아이들이 가장 좋아하는 것을 가장 잘할 것이라 생각하고, 아이들의 성향(性向)에다 지나치게 맞추려고 해서는 안 된다. 만일 아이들의 기질이나 적성이 비범하면 그것을 저지하지 않는 것이 좋다.

그러나 대체로, "가장 좋은 것을 선택하라. 습관이

그것을 즐겁고 편안한 것으로 할 것이다"[1]라는 교훈을 믿는 것이 좋다.

  동생들은 보통 가정 일에 큰 부담이 없어서 잘 살게 되는 경우가 많다. 만일 맏형이 상속권을 빼앗길 경우에는 형제간에 우애가 상할 것이다.

---

[1] 플루타르코스가, 피타고라스의 말로서 〈추방에 관하여〉에서 인용하고 있는 것이다.

결혼과 독신생활에 관하여

처자가 있는 자는 운명에 담보로 잡혀 있다. 왜냐하면 처자들이 큰 사업에 대해서 장애물이 되는 것은, 좋은 일의 경우에나 나쁜 일의 경우에나 모두 해당되기 때문이다.

이 사회를 위한 가장 유익한 사업은, 결혼하지 않았거나 혹은 자녀가 없는 사람으로부터 나왔던 것이다. 그들은 애정과 재산에 있어 사회와 결혼하고 사회에 이것을 주어 버렸다. 그러나 자녀를 가진 사람들이 미래를 가장 사랑하고 있는 것도 이유가 있는 것이다. 그들은 그들이 가진 사랑하는 것들을 자녀에다 물려 주어야 한다는 것을 알고 있기 때문이다.

어떤 사람들은 독신생활을 하면서도 그들의 생각은 자기 자신에 그치고 미래에 대해서는 주제넘은 것이라고 생각하는 사람들도 있다. 아니 그들 가운데는 처자를 다만 지불 청구서와 같은 것이라고 생각하는 사람도 있다. 아니 나아가서는 어리석고 욕심 많은 부자들 중에는 자녀가 없는 것을 자랑으로 삼는 자들도 있다. 왜냐하면 그들은 그만큼 더 부자라고 생각하고 있기 때문이다.

아마 그들은 어떤 사람이 '아무개는 대단한 부자다'라고 말하니, 다른 사람이 '그렇지만 자녀라고 하는 무거운 짐이 있다'라고 이의를 다는 것을 들었을 것이다. 마치 그것이 그 사람의 부를 감소시키는 것처럼 생각했을 것이다.

그러나 독신생활의 가장 일상적인 원인은 자유이다. 특히 자의적(恣意的)이고 익살스러운 사람이 그렇게 된다. 그런 사람들은 모든 종류의 속박에 대해서 매우 민감하여 허리띠나 양말 대님마저도 거의 포승과 족쇄(足鎖)라고 생각할 정도다. 결혼하지 않은 사람들은 가장 좋은 친구이며, 가장 좋은 주인이며, 가장 좋은 하인이 될 수는 있다. 그러나 언제나 가장 좋은 신하일 수는 없는 것이다. 왜냐하면 그들은 곧 도망치기 쉽기 때문이다. 그리고 거의 모든 도망자를 보면 미혼자가 많다.

독신생활은 성직자에게는 잘 어울린다. 왜냐하면 자비심은 우선 자신이 책임지고 있는 가족이나 소속이 없을 때 자유스럽게 베풀 수 있기 때문이다. 즉 연

못을 채운 다음에야 땅을 축일 수 있는 이치와 같다. 재판관이나 사법관의 경우에는 별 차이가 없다. 왜냐하면 그들이 남의 말을 잘 듣고 타락해 있다면, 아내보다도 다섯 배나 나쁜 하인을 그들은 가지게 될 것이기 때문이다.

군인에 대해서 말하면, 장군들은 일반적으로 그들의 훈시에서 병사들이 처자를 상기하도록 하는 것 같다. 또한 터키 사람들은 결혼을 경멸하기 때문에 하등(下等)의 군대를 더욱 나쁘게 만든다고 나는 생각한다.

확실히 처자는 인간성을 훈련시켜 준다. 그리고 독신자는 지출이 적으므로 몇 배나 더 자선을 할 수 있으나, 한편 그들은 비교적 잔인하고 냉혹하다.〔이단(異端) 심판관이 되기에 알맞다〕 왜냐하면 그들은 애정이 요구되는 일이 매우 드물기 때문이다.

성실한 성격의 소유자들은 습관에 따르고 따라서 한결같이 변함이 없고 보통 애정이 깊은 남편이 된다. 예를 들어 율리시스에 관해서 말한 것이지만, "그는 장생 불사의 생명보다는 아내를 선택하였던 것이다."[1]

---

1 율리시스(오디세우스)는 지중해의 이사카 섬의 영주였는데 트로이 전쟁 후, 10년간의 고난을 겪고 늙은 아내가 기다리는 이사카로 돌아간다. 제임스 조이스의 《율리시스》는 그 이름을 딴 것이다. 똑같은 말이 키케로의 〈변명에 관하여〉 1·44에도 나온다.

정숙한 부인은 교만하고 흔히 콧대가 세다. 그것은 자기 정절(貞節)의 가치를 믿기 때문이다. 만일 아내가 그의 남편을 현명하다고 생각한다면 그것은 아내에게 정절과 순종을 다 함께 갖게 하는 최선의 보증의 하나이다.

만일 아내가 남편에게 질투심이 있다는 것을 안다면 아내는 결코 남편을 현명하다고 생각지는 않을 것이다. 아내는 젊은 사람들에게는 연인이며, 중년에게는 반려자, 노인에게는 간호인이다. 그러므로 남자는 언제든 자기가 원할 때, 결혼하는 이유가 있다고 할 것이다.

그러나 남자는 "언제 결혼하면 좋겠는가"라는 질문에 "젊은 사람은 아직 멀었고, 노인은 전혀 틀렸다"라고 대답한 사람[1]은 확실히 현자(賢者) 중의 현자였다.

흔히 보는 일이지만 나쁜 사람에게는 매우 훌륭한 아내가 있는 법이다. 그것은 그의 남편이 친절했을 때, 그 가치가 올라가기 때문이거나, 또는 아내가 자기의 인내심을 자랑으로 생각하는 것인지도 모른다. 그러나 이러한 일이 일어나는 것은 그 나쁜 남편이 그

---

1 그리스의 일곱 현인 중의 한 사람인 탈레스(B.C. 640~550)를 말한다. 인용은 〈디오게네스라에르티오스〉 1 · 26, 플루타르코스 〈심포아케스〉 3 · 6.

의 친구들의 승낙을 물리치고 스스로 선택하였을 때의 경우이다. 왜냐하면 그렇게 되면 반드시 자기 자신의 어리석음을 시정하려고 생각하기 때문이다.

질투에 관하여

여러 가지 감정 가운데서 매혹한다거나 마법에 걸린다거나 하는 것은 오직 사랑과 질투뿐이다. 그것들은 모두 격렬한 욕망을 지니고 있다. 그것들은 쉽사리 상상이나 암시 속에다가 자기 자신의 윤곽을 짠다. 그리하여 특히 그 대상이 현존하면 쉽사리 눈에 들어온다. 그것이 그러한 것이 있는지 없는지는 모르지만 매력이라는 것이 생기게 되는 바로 그 점인 것이다.

우리는 성서에서 질투가 악의(惡意)의 눈(마가복음 7장 22절)이라고 불리어지고 있는 것을 알고 있다. 그리고 점성가(占星家)는 별의 나쁜 영향을 악의 시좌(視座)[1]라고 부르고 있다. 그러므로 항상 질투의 행위를 눈의 사출

---

1 중세 점성학의 용어로 특정한 시기에 지구에서 볼 수 있는 여러 천체의 상대적인 위치를 가리킨다.

(射出)이라든가, 방사(放射)라고 지금도 인정하고 있는 것으로 생각된다. 사실 세밀히 탐색을 하는 사람이 말하고 있을 정도지만, 눈의 타격이나 충돌이 가장 해를 끼치는 것은 질투를 받는 쪽이 명예를 얻고 있거나 승리한 상태에 있는 것을 바라볼 때이다.

왜냐하면 이는 질투에다 칼을 달아 주는 격이기 때문이다. 그리고 한편 그때에는 질투를 당하는 사람의 정기(精氣)가 외부로 가장 많이 나타나기 때문에 그 타격을 받게 된다. 그러나 이러한 세밀한 탐색은 생략하고 적당한 장소에서 생각해 볼 만하기는 하지만 어떤 사람이 타인을 질투하는 경향이 있는가를 다루어 보기로 하자.

또한 어떤 사람이 가장 질투를 많이 받게 되는가, 그리고 공적인 질투와 사적인 질투와의 사이에는 어떠한 차이가 있는가 등을 알아보자.

자기 자신이 아무런 덕성을 가지지 못한 사람은 언제나 타인의 덕성을 질투한다. 왜냐하면 인간의 마음은 자기 자신의 선이나 타인의 불행 중, 그 어느 것인가를 먹고 살기 때문이다. 그리하여 전자를 갖지 못한 사람은 후자를 먹이로 삼는다. 그리고 타인의 덕성에 도달할 희망이 없는 사람은 타인의 행운을 깎아 내림으로써 대등해지려고 노력한다.

참견하기 좋아하고 캐기 좋아하는 사람은 보통 질투가 많다. 그것은 타인의 문제를 많이 안다고 할지라도, 그 수고가 모두 자기 자신과 관계되기 때문이라고는 할 수 없기 때문이다. 그러므로 그런 사람은 타인의 운명을 바라봄으로써 일종의 연극을 구경하는 쾌감을 느끼는 것임에 틀림없다.

자기 자신의 일만을 생각하고 있는 사람은 질투의 자료를 많이 발견할 수가 없다. 왜냐하면 질투라고 하는 것은 방랑벽이 있는 감정이어서 거리를 쏘다니고 집에 들어앉아 있는 일이 없기 때문이다. "참견하기 좋아하는 사람으로 악의가 없는 사람은 없다"[1]라는 것이다.

고귀한 가문에서 태어난 사람은 새로운 인물이 출세하면 시기와 질투가 일어난다고 한다. 왜냐하면 그들 사이의 거리가 달라지기 때문이다. 그리고 그것은 타인이 전진하면 자기 자신은 후퇴하는 것처럼 생각되기 때문이다.

불구자, 거세자, 노인, 사생아 등은 질투심이 많다. 자기 자신의 처지를 도저히 개선할 수 없는 그들은 타인의 처지를 해치기 위해 가능한한 무슨 일이든지 다

---

1 로마의 극작가, 부라우투스 〈스티코스〉 1 · 3 · 54.

할 수 있다고 생각하기 때문이다. 이러한 결함을 가진 사람이 매우 용감하고 영웅적인 성격을 가진 경우는 예외이다. 그러한 사람은 자기의 본래의 결함을 그 자신의 명예의 일부로 삼으려고 한다. 그것은 거세자나 절름발이가 이런 훌륭한 일을 했다는 말을 듣게 되기 때문이다. 기적적인 명예를 노리는 것이 된다. 예를 들면 거세자인 나르세스,[1] 절름발이였던 아게실라우스,[2] 티무르[3] 등이 있었다.

재난과 불행을 겪은 다음에 일어선 사람의 경우도 이와 마찬가지다. 왜냐하면 그들은 시대에 낙오된 사람이며, 동시에 타인의 재화(災禍)가 자기 자신의 손해를 배상하는 것이라고 생각하기 때문이다.

지나치게 다방면에서 탁월하기를 바라는 사람은 경박(輕薄)과 허영 때문에 항상 질투심이 많다. 왜냐하면 질투거리가 없어지지 않기 때문이다. 즉 여러 가지 일 가운데 그들을 능가하는 사람이 반드시 많이 있기 때

---

[1] 로마의 유스티니아누스 황제 때의 장군(480~574). 이탈리아에 있던 동고트족을 토벌해서 무공을 세웠으나, 원래 노예 출신이었기 때문에 거세되어 있었다.

[2] 스파르타의 왕(재위 B.C. 399~361).

[3] 티무르 왕조의 개조(開祖)(1336~1405). 칭기즈칸의 후예로 달단인의 왕이 되어 모스크바와 델리까지 널리 정복하였다. 절름발이 티무르라고 불리었다.

문이다. 그것은 아드리안 황제[1]의 성격이기도 하다. 그는 그가 뛰어나고자 원하는 것이라면 시인이고 화가이고 기예가(技藝家)이고 간에 가리지 않고 굉장히 질투하였다.

마지막으로 가까운 친척이나 직장의 동료나 함께 자란 사람들은 그들의 동배(同輩)의 신분이 높아지면 비교적 상대방을 질투하기 쉽다. 왜냐하면 그것은 그들 자신의 운명을 비난하게 하며, 자기 자신을 손가락질하는 것 같으며, 그리고 자기의 기억 속에 자주 나타나게 되고, 타인의 주목을 끌기 때문이다. 그리고 질투는 남의 말이나 평판에 의해서 반드시 몇 배나 더해진다. 카인의 질투가 동생 아벨에 대하여 그토록 비열하고 악의에 찬 것이 된 것은 아벨의 희생이 하나님에 의해서 받아들여지게 되었을 때, 거기에는 아무도 보는 사람이 없었기 때문이다. 질투하기 쉬운 사람들의 문제는 이 정도로 해두자.

많든 적든 질투의 대상이 되는 사람들에 관해서 생각해 보면, 우선 월등히 덕성이 높은 사람들은 승진하였을 경우에도 질투받는 일이 비교적 적다. 왜냐하면

---

[1] 로마 황제(재위 117~138). 자신도 학예를 좋아하여 문예의 부흥을 적극 지원하였으나 신하들 가운데 자기보다 훌륭한 자가 있으면 몹시 질투하였다고 한다.

그들의 행운은 그들에게 대해서는 당연한 것으로 생각되기 때문이다. 그리고 사람이 질투하는 대상은 부채를 상환하는 것이 아니라, 다만 지나친 보상이나 대금을 받을 때 문제가 된다.

다음으로 질투는 언제나 자기 자신과 비교하는 것과 연결되어 있다. 비교가 없는 곳에는 질투도 없다. 그러므로 국왕을 질투하는 것은 국왕뿐이다. 그러나 주의할 것은 보잘것없는 사람은 처음 들어올 때에 많은 질투를 받지만 뒤에 가서는 이를 잘 극복한다. 반대로 능력이 있고 공적이 있는 사람은 그의 행운이 오래 계속될 경우 가장 많이 질투를 받는다. 왜냐하면 그때까지에는 비록 그의 덕성은 같은 것이라 할지라도 그 광채는 같지가 않기 때문이다. 그 동안에 새로운 사람이 나와서 광채를 어둡게 하기 때문이다.

고귀한 혈통을 가진 사람은 그들의 신분이 높아진다 해도 질투를 받는 일이 비교적 적다. 그것은 그들의 출생에 합당한 것으로 생각되기 때문이다. 그리고 그들의 행운에는 그다지 보태진 것이 없는 것처럼도 생각된다. 질투는 햇볕과 같은 것으로, 둑이나 갑자기 높이 솟은 지면에 부딪혔을 때가 평지보다도 더욱 뜨겁다. 이와 같은 이유에서 점차로 승진하는 사람들은 갑자기 또는 '단번에' 승진하는 사람들보다는 질투를 받는 일이 적다.

  명예를 얻는 데 심한 곤란이나 근심이나 위험 등을 함께 겪은 사람은 질투를 받는 일이 비교적 적다. 왜냐하면 사람들은 명예를 얻기란 고생스러운 것이라 생각하고, 때로는 그들을 측은하게 여길 때가 있다. 그리고 측은함이란 항상 질투심을 풀어 주는 것이다. 그러므로 비교적 깊이가 있고 성실한 정치가들은 높은 지위에 있으면서도 항상 "아아, 괴롭도다!"라고 읊조리며, 무슨 생활이 이 모양이냐고 탄식하는 것을 우리는 흔히 볼 수 있다.

  그들이 진정 그렇게 느끼고 있는 것이 아니라, 질투의 칼날을 무디게 하기 위해서이다. 그러나 이것은 다른 사람으로부터 억지로 떠맡겨진 일에서나 그렇게 이해되는 것이지, 그들이 스스로 맡은 것에 대해서는 아니다. 왜냐하면 불필요한 일을 야심적으로 독점하려는 것처럼 질투심을 더하게 하는 것은 없기 때문이다. 그리고 무엇보다도 질투를 해소시키는데 있어서 지위가 높은 사람은 비교적 아랫사람들로 하여금 각자의 충분한 권리와 그 지위의 탁월성을 갖게 해두어야 한다. 왜냐하면 이러한 수단에 의해서 자기와 질투와의 사이에 그만큼 두꺼운 장벽을 쌓게 되기 때문이다.

특히 가장 질투받기 쉬운 사람들이란, 자기의 행운의 위대함을 오만하게 자랑하는 사람이다. 그들은 외면적인 허식이나, 모든 반대나 경쟁을 물리침으로써 자신이 얼마나 위대한가를 과시하지 않으면 만족하지 못하는 사람들이다.

그러나 현명한 사람들은 오히려 질투에다 제물을 바친다고나 할까, 자기에게 그다지 관계가 없는 일에 있어서는 때로는 고의적으로 굴복당하는 체해 보이는 것이다. 그렇다고 하더라도 높은 자리에 앉아 있을 때, 솔직하고 공명정대한 태도를 취하고 있으면(그것이 오만이나 허영이 아니라면) 교활하게 술책을 쓰는 태도보다는 질투를 덜 받는 것은 사실이다.

마지막으로 이 부분의 결론을 내리자. 우리가 처음에 말한 것처럼 질투의 행위에는 약간 마술적인 요소가 있지만, 마술의 처방 이외에 질투의 처방은 없다. 그리고 그것은 마력(그들이 그렇게 부르는 것처럼)을 움직여서 다른 사람이 짊어지도록 하는 것이다. 그러한 목적을 위해서 높은 사람 가운데서도, 현명한 사람은 자기를 향해서 오는 질투를 벗어나기 위해서 항상 어떤 사람을 반드시 무대에 등장시킨다. 때로는 그것이 대신이나 하인일 경우도 있고, 때로는 동료나 협조자일 경우도 있다. 그리고 그러한 목적을 위해서는 과격하고 모험적인 성질을 가진 사람이 반드시 있으며, 그러한 사람들은 권력과 일거리만 갖게 된다면 어떠한 대가를 치르더라도 그 일을 맡는다.

이제 공적인 질투에 관해서 이야기하자. 사적인 질투일 경우에는 아무것도 없지만, 공적인 질투일 경우에는 어느 정도의 이익이 있다. 왜냐하면 공적인 질투는 일종의 패각 추방(貝殼追放)[1]의 역할을 하기 때문이다. 사람이 너무 위대해지면 이를 말살하려고 한다. 그러므로 위대한 사람들에게 있어서 이것은 굴레가 되며, 그들을 한도 내에 가두어 두는 것이 된다.

이러한 공적인 질투는 라틴어로는 '악'이라는 뜻이며, 현대어에서는 '불만'이라 한다. 이것에 관해서는 폭동을 다룰 때에 설명하기로 하겠다. 그것은 국가의 경우에는 하나의 병이며, 전염병과 흡사하다. 왜냐하면 전염병은 건전한 사람에게도 퍼져서 그것을 오염(汚染)케 하는 것처럼, 질투가 한번 국가의 내부에 침투하기만 하면, 국가의 가장 건전한 활동마저도 비방하여 그것을 악취가 나는 것으로 변화시키기 때문이다.

---

1 옛날 그리스에서 자주 행해진 것인데, 국가에 잘못한 고관이나 장군들을 인민의 투표에 의해서 국외로 추방하는 것을 말한다. 위험 인물을 추방할 때, 재판을 하지 않고 질그릇 조각이나 조개 껍질로 투표한 데서 유래하였다.

그러므로 칭찬받을 만한 행동을 섞는다고 하더라도 거의 얻는 바가 없다.

그것은 약점과 질투에 대한 두려움을 보여줄 뿐으로 그만큼 더 많은 해를 주는 것이 된다. 그것은 보통 전염에서 보는 것과 흡사하여, 만약에 그것을 두려워하면 도리어 더 빨리 찾아오게 된다.

이 공적인 질투는 국왕이나 국가 자체보다는 주로 관리나 대신들을 후려치는 것처럼 생각된다. 그러나 확실한 것은 대신에 대한 질투가 강하고, 그가 그것을 받아야 할 이유가 적은 경우라든지, 또는 그 질투가 한 국가의 모든 대신들에게 전체적으로 향해지고 있을 경우에는 그 질투는(숨은 것이라 할지라도) 사실은 국가 자체에 향해지고 있는 것이다. 공적인 질투나 불만, 그리고 이미 최초에 다룬 사적인 질투와의 차이에 관해서는 이쯤 해두기로 하자.

다음은 일반적인 질투의 감정에 관해서 부언해 둔다. 질투는 다른 모든 감정 가운데서 가장 끈덕지고 지속적인 것이다. 왜냐하면 다른 감정은 가끔 기회가 주어질 뿐이다. 따라서 "질투는 휴일이 없다"는 말은 과연 명구(名句)이다. 왜냐하면 그것은 무엇인가에 대해서 항상 작용하고 있기 때문이다. 그리고 사랑과 질투는 사람을 수척하게 한다는 것은 이미 지적되고 있다. 다른 감정에서는 볼 수 없는 일이다. 왜냐하면 다른 감정들은 그만큼 지속적이지 않기 때문이다.

  질투는 또한 가장 비열하고 타락된 감정이다. 그것은 악마의 고유한 특성이다. "사람들이 잠자는 동안에 밀밭에 가라지를 뿌리는 질투 많은 사람"[1]이라고 불리고, 반드시 그렇게 되는 것인데, 질투의 작용은 미묘하여 밤중에 행해지며 보리와 같이 좋은 것에 해를 주게 된다.

---

1 〈마태복음〉 13장 25절. 단 《성서》에는 '질투가 많은 사람'이 아니고 '원수'로 되어 있다.

연애에 관하여

무대는 인간의 실제 생활보다는 사랑의 덕택을 더 많이 입고 있다. 무대에서의 연애는 항상 희극의 소재이며, 어쩌다 가끔 비극의 소재가 될 뿐이다. 그러나 인생에 있어서 연애는 많은 해를 준다. 때로는 요녀(妖女) 세이렌[1]처럼 되기도 하고, 때로는 퓨어리스[2]처럼 되기도 한다. 주의해 보면 모든 위대하고 존경할 만한 인물(고대이든 최근이든 기억에 남아 있는 사람을 말하지만) 중에는 미칠 정도로 사랑에 빠진 사람은 없었다.

이러한 사실은 위대한 정신과 위대한 사업은 이러

---

1 유혹의 여신. 반인 반어(半人半魚)의 미녀로서 묘한 음악을 가지고 지중해의 어느 섬에다 선원들을 유인하여 돌아가지 못하게 하였다고 한다.
2 로마 신화에 나오는 복수의 세 여신들로 그 용모가 매우 무서웠다고 한다.

한 나약한 감정을 물리친다는 것을 보여 준다. 다만 로마 제국의 이두(二頭) 정치가의 한 사람인 마르쿠스 안토니우스[1]나 대집정관(大執政官)이자 입법가인 아피우스 클라우디우스[2]는 예외이다. 이들 가운데서 전자는 실제로 탕아(蕩兒)였고 방종하였지만, 후자는 엄격하고 현명한 사람이었다. 그러므로(드문 일이기는 하지만) 사랑이라는 것은 열려져 있는 가슴속으로만 들어가는 것이 아니라, 정신 차리고 있지 않으면 굳게 방비가 되어 있는 가슴속으로도 들어갈 수 있는 것이다.

"우리는 서로를 받아들이기에 충분한 크기의 극장이다"[3]라고 한 에피쿠로스의 말은 적절치 못한 것 같다. 마치 인간이 하늘과 모든 고귀한 대상을 바라보기 위해서 만들어졌음에도 불구하고, 작은 우상(偶像) 앞에 무릎을 꿇고, 스스로의 노예가 되어서야 되겠는가? 자기(마치 짐승처럼) 입의 노예는 아니라 할지라도 눈의 노예가 되는 것에 지나지 않더라도 눈은 보다 높

---

1 로마의 장군. 이집트의 여왕 클레오파트라와의 정사로 유명하다.

2 로마의 10인 정치 때의 집정관의 한 사람으로서 〈십이동판법(十二銅版法)〉의 작성을 주장하였는데, 처녀 비루리니아를 짝사랑하여, 이를 범하고 민중의 분노를 사서 투옥되자, 자살하였다.

3 세네카의 〈서한〉 1·7. 서로가 바라보기에 알맞는 대상이라는 뜻. 단 이 말은 에피쿠로스가 자기와 그의 친구와의 관계에 관해서 말하고 있는 것이며, 일반적인 격언은 아니다.

은 목적을 위해서 인간에게 주어진 것이다.

이 감정이 지나쳤을 경우, 그 때문에 사물의 본질이나 가치를 얼마나 훌륭한 것으로 보이게 하는가 주의해 보면 이상한 느낌이 든다. 즉 아무리 과장해서 말하더라도 보기 싫지 않은 것은 연애뿐이다. 그것은 단지 말에만 그치지 않는다. 여러 작은 아첨꾼들에게 둘러싸인 최대의 아첨꾼은 곧 자기 자신이라는 명언이 있지만, 확실히 연애하는 사람은 그 이상이다.

왜냐하면 아무리 자부심이 강한 사람이라 할지라도 사랑에 빠진 사람이 그의 애인을 생각하는 것만큼이나 몰입하지는 않는다. 그러므로 사랑을 하면서 동시에 현명할 수는 없다는 말이 있을 정도다.[1]

이 약점은 타인에게만 나타나 보이고 사랑받는 쪽에는 결코 나타나지 않는 것이 아니다. 그 연애가 상호적(相互的)인 것일 경우에만 예외가 된다. 왜냐하면 연애의 보수(報酬)는 반드시 상호적이든가, 그렇지 않으면 마음속에서의 비밀스런 경멸이든가 그 어느 쪽이라는 것이 법칙이기 때문이다.

그러므로 사람은 더욱 다른 여러 가지의 것을 잃을

---

[1] 유사한 말은 부부리우스 시루스의 〈단편(斷片)〉과 플루타르코스의 《그리스 로마 영웅전》 〈아게실라우스 편〉 등에서도 볼 수 있다.

뿐만 아니라 자기 자신마저도 잃는 수가 있는 이 감정에 대해서 주의해야 한다.

다른 손실에 관해서는 이런 이야기가 그것을 비유로 잘 말해 주고 있다. 즉 헬레네를 선택한 사나이는 헤라와 팔레스의 선물을 버렸다.[1] 왜냐하면 사랑의 감정을 지나치게 평가하는 사람은 부와 지혜를 다같이 잃게 되기 때문이다. 이 감정은 약할 때에 특히 넘쳐 나온다. 그 시기는 매우 번영할 때나 매우 역경에 처했을 때이다.

다만 이 후자의 경우에 그다지 주의를 끌지 않았을 뿐이다. 이 두 가지의 경우는 모두 사랑을 불붙게 하여, 더욱 뜨겁게 함으로써 그것이 어리석은 어린아이의 것임을 보여 주고 있다. 가장 좋은 방법은, 사람이 연애를 하지 않을 수 없다 하더라도 그것을 적당히 울타리 내에 머물도록 하는 것이다. 그리고 그것을 인생의 진지한 행위로부터 완전히 분리시켜야 한다. 왜냐하면 만일 연애가 일을 방해하게 되면 그것은 인간의 운명을 흐트러 놓게 되며, 사람으로 하여금 그의 목적

---

1 헤라는 부를 맡아 보고 팔레스 즉 아테나는 지혜를 맡아 보는 로마의 여마의 여신. 아프로디테와 헤라와 팔레스가 서로 그 아름다움을 겨루었을 때 트로이의 왕자 파리스는 아프로디테를 택하여 그 사례로 미녀 헬레네를 얻었다.

에 도저히 충실할 수 없도록 하게 되기 때문이다.

무슨 까닭인지는 알 수 없으나 무사(武士)들은 사랑에 빠지기 쉽다. 그것은 그 사람들이 술에 빠지는 것과 같다고 생각된다. 왜냐하면 위험은 보통 대가로서 쾌락을 요구하기 때문이다. 인간의 본성 가운데는 타인을 사랑하려는 숨은 욕구와 움직임이 있다. 그것이 한 사람 또는 몇 사람에게 사용되지 않는다면 자연히 많은 사람들에게 확대되어서 인도적이고 자비심이 있는 사람으로 만든다. 그것은 수도사 가운데서 가끔 나타나는 것과 같다.

부부의 애정은 인류를 낳는다. 친구의 애정은 그것을 완성한다. 그러나 방종과 사랑은 그것을 부패케 하고 타락시킨다.

높은 지위에 관하여

 높은 지위에 있는 사람은 삼중(三重)의 종이다. 즉 군주 또는 국가의 종이며, 명성의 종이며, 업무의 종이다. 그러므로 그는 자기 몸에도 자기 행동에도 자기 시간에도 자유가 없다. 권력을 추구하기 위해서 자유를 잃는다는 것은 기묘한 욕망이다. 또한 타인에 대한 권력을 추구하기 위해서 자기 자신에 대한 권력을 잃게 되기도 한다.

 지위가 높아진다는 것은 힘드는 일이다. 사람들은 고통을 통해서 더욱더 큰 고통에 이르게 되는 것이다. 그리고 그것은 가끔 비열하기도 하다. 이처럼 사람들은 비천한 일을 통해서 위엄 있는 지위에 이르게 된다. 서 있기에는 발 밑이 위험하고, 후퇴는 몰락이나 적어도 소멸을 의미하며, 그것은 비참한 일이다. "사람이 지금까지 지나온 것과 같지 않게 되었을 때, 살아갈 흥미를 잃고 말 것이다(키케로 〈가족서한〉 7·3)." 아니 사람은 그가 원할 때에는 물러날 수 없으며, 물러나야 할 때에는 그렇게 마음먹지 않는다. 노령으로 병이 들어 은퇴를 필요로 할 때가 되어도 사생활을 참지 못한다. 확실히 높은 지위에 있는 사람들은 다른 사람들의 의견을 빌림으로써 자기 자신이 행복하다고 생각해야 한다. 왜냐하면 만일 자기 자신의 감정을 가지고 판단한다면 행복을 발견할 수 없기 때문이다. 그러나 타인들이 자기를 생각하는 것처럼 자신도 그렇게 생각하고 타인이 자기처럼 되려 하고 있다고 생각하면 마치 소문에서 들은 것처럼 행복감을 느낀다. 아마 마음속으로는 그 반대로 생각할 수도 있을 것이다. 왜냐하면 그들은 자기 자신의 슬픔을 아는 최초의 인간이기 때문이다. 그러나 자기 자신의 결함을 아는 데는 가장 꼴찌가 될 것이다.

커다란 행운을 누리고 있는 사람들은 자기 자신에 대해서도 소원(疏遠)하다. 그들은 일에 얽매여 있을 동안에는 자기의 육체나 정신의 건강에 주의할 여유가 없다. "타인에게는 너무나 잘 알려져 있으면서 자기 자신에 대해서는 알지 못하고 죽는 사람은 비참하다(세네카 〈티에스테스〉 2·401)."

높은 지위에 있을 경우에는 좋은 일도 또 나쁜 일도

할 수 있는 특권이 있다. 그 중 후자는 저주해야 할 일이다. 나쁜 일에 있어서 가장 유념해야 할 사항은 생각조차 갖지 않는 일이며, 다음은 그것을 하지 말아야 한다. 그러나 선을 행하기 위한 권력은 높은 지위에 오르려고 바랄 때의 참되고 바른 목적이다. 왜냐하면 좋은 생각이라는 것은(비록 신이 그것을 받아들인다 하더라도) 실행되지 않는 한, 사람들에 대해서도 좋은 꿈과 다를 바가 없기 때문이다. 그리고 그것의 실행을 위해서는 우월하고 지배적인 위치로서의 권력과 지위 없이는 불가능하다.

인간의 활동 목적은 공적(功績)과 선행(善行)에 있다. 그리고 그러한 일을 의식하는 것이 인간의 안식을 성취시키는 것이다. 왜냐하면 만약에 인간이 신의 활동에 참여할 수 있다면 마찬가지로 신의 안식에도 참여할 것이기 때문이다. "하나님이 그 지으신 모든 것을 보시니 보시기에 심히 좋았더라(《창세기》 1·31)." 그리고 그때부터 안식일이 되는 것이다.

자기의 직무를 수행함에 있어서는 자기 앞에 가장 좋은 모범들을 두어야 한다. 왜냐하면 모방은 교훈의 완전한 결합체이기 때문이다. 그런 다음에는 자기 자신을 모범으로 삼고 자기 앞에 둔다. 그리고 우선 자신이 최선을 다했는지 엄격히 자기 자신을 검토해야 한다.

 동등한 자리에서 나쁜 짓을 한 사람들의 예도 무시해서는 안 된다. 과거의 사람들을 비난함으로써 자기 자신을 돋보이게 하는 것이 아니라, 무엇을 피해야 할 것인가를 자기 자신에게 가르쳐 주기 위해서이다. 그러므로 개선을 시도하는 데, 자만을 하거나 지나간 시대나 인물을 비난해서는 안 된다. 그리고 좋은 전례(前例)에 따르는 것에 그치지 말고, 스스로 그것을 시도해 보려고 마음먹어야 한다. 사태를 그 최초의 설립 당시까지 거슬러올라가, 어떤 점에서 또 어떻게 해서 그것이 타락하였는가를 살펴보아야 한다. 그러나 두 시대를 참고 살아야 한다.

 즉 고대로부터는 최선의 것을, 후대로부터는 무엇이 가장 적합한가를 배우도록 한다. 자기의 진로를 일정한 것으로 하도록 한다. 그렇게 하면 사람들은 무엇을 기대할 수 있는지를 미리 알 수가 있다. 그러나 지나치게 적극적이고 독단적이어서는 안 된다. 그리고 자기의 평소의 방침에서 벗어날 때에는 그 까닭을 잘 설명해 주면 좋다. 그것은 자기 지위의 권리를 보존하도록 하는 것이다.

 그러나 사법권의 문제 등을 자극해서는 안 된다. 그리고 오히려 자기의 권리를 주장이나 도전에 의해서 설명하는 것보다는 침묵 속에서, 사실상 그것을 보유하는 것이 좋다. 부하들의 지위도 그와 같이 확보하고, 모든 일에 참견을 하는 것보다는 주로 지시를 하는 것을 더욱 명예스럽게 생각해야 한다.

자기 지위의 직무 수행에 관한 원조나 충고를 기쁘게 받아들이고, 또 청하도록 하며, 자기에게 정보를 제공하는 사람을 참견하는 사람이라고 쫓아내지 말고 호의로 받아들여야 한다.

권위에 따르는 악덕은 주로 네 가지이다. 지연(遲延)과 부패와 거친 태도와 용이함이다. 지연에 관해서 말하면, 쉽게 만날 수 있도록 하고, 약속 시간을 지키고, 눈앞의 사무를 신속히 처리하고 일을 혼동해서는 안 된다.

부패에 관해서 말하면, 자기 자신의 손과 종들의 손을 물건을 받지 못하도록 묶어 둘 뿐만 아니라, 의뢰자들의 손도 뇌물을 제공하지 못하도록 묶어 두는 것이 좋다. 왜냐하면 정직을 실천하면 전자의 효과를 올리지만 정직을 공언하고 뇌물을 싫어하는 것을 밝히면 후자의 효과를 올리기 때문이다. 그리고 과오뿐만 아니라 혐오도 피하도록 하라. 변할 수 있다고 보이고, 뚜렷한 원인도 없이 변하는 것이 눈에 뜨이는 사람은 누구든지 부패의 혐의를 받는다.

그러므로 항상 자기의 의견이나 진로를 바꿀 때에는 분명히 밝히고, 또 그것을 발표할 때에는 그것을 바꾸게 된 이유를 함께 말하고, 그것을 숨기려고 생각해서는 안 된다.

아랫사람이나 총애받는 사람이 각별히 중시될 이유가 분명치 않은데 심복 노릇을 하는 경우에도 보통 눈에 보이지 않는 부패가 있다고 생각된다. 거칠다는 것에 관해서 말하면, 이것은 불필요한 불만을 사는 원인이 된다. 준엄은 두려움을 낳는다. 그러나 거친 것은 증오감을 낳는다.

권위자로부터의 견책이라 할지라도 엄숙해야 하며 모욕적이어서는 안 된다. 줏대 없이 행동하는 것에 관해서 말하면, 그것은 뇌물을 받는 것보다도 나쁘다. 왜냐하면 뇌물을 받는 경우는 가끔 있는 일이지만, 만일에 청탁이나 기분 내키는 대로의 동기에 의해서 좌우된다면 그러한 일이 항상 그에게 따르게 되기 때문이다. 솔로몬의 말에 "사람의 낯을 보아 주는 것은 좋지 못하고, 한 조각의 떡으로 인하여 범법하는 것도 그러하니라(〈잠언〉 28 · 21)"라는 구절이 있다.

옛말로 확실히 진실이라고 생각되는 것으로 "지위는 그 사람을 나타낸다"라는 말이 있다. 그리고 그것은 어떤 사람의 경우는 보다 잘 나타나고, 어떤 사람의 경우는 잘 나타나지 않을 수도 있다. "만약 그가 황제가 아니었어도 황제에 적합하다고 모든 사람들이 생각하였을 사람(타키투스 《역사》 1·50)"이라고 타키투스는 갈바에 관해서 말하고 있다. 그러나 베스파시아누스에 관해서는 "베스파시아누스는 권력을 얻음으로써 좋게 변한 유일한 황제다"라고 말하였다. 다만 전자는 행정 능력에 관해서 말한 것이고, 후자는 성격과 성향을 말하고 있는 것이다.

가치 있고 관대한 정신의 소유자라는 것을 나타내는 확실한 증거는 명예가 보상한다. 명예라는 것은 덕성의 지위이며, 또 그래야만 한다. 그리고 자연계에 있어서는 사물이 그 본연의 자리를 향해서 심하게 움직이며, 일단 그 자리에 도달하면 정지하는 것처럼 덕성이 있는 사람도 야심에 불타 있을 때에는 격렬하지만, 일단 권위 있는 자리를 얻으면 평온해진다.

모든 높은 지위에 오르는 길은 꼬불꼬불한 계단을 통해야 한다. 만일 당파가 있다면 오르막길에 있는 사람은 어느 당파든지 가담하는 것이 좋고, 일단 지위를 얻고 나서는 중립을 취하는 것이 좋다. 자기의 전임자의 지나간 행적에 대해서는 공평하고 정중하게 하는 것이 좋다. 왜냐하면 그렇게 하지 않는다면 자기가 물러났을 때 반드시 보상될 것이기 때문이다.

동료가 있으면 그들을 존경해야 한다. 그리고 그들이 부름을 기대하는 이유가 있을 때에 그들을 배제하는 것보다는 오히려 그들이 부름을 기대하지 않을 때에 부르는 것이 좋다. 청원자와의 대화나 개인적인 응답에 있어서는 지나치게 자신의 지위에 신경을 쓰거나 생각하지 않는 것이 좋다. 도리어 사람들로 하여금 "저 사람은 공적인 자리에 앉을 때에는 딴 사람이 된다"라고 말하게 하는 것이 좋다.

선과 천성의 선량함에 관하여

내가 생각하고 있는 선의 의미는, 남들의 행복을 목적으로 삼는 바로 그것이다. 그것을 그리스인들은 필란스로피아 —— 인간애 —— 라 부르고 있다.[1] 그리고 휴머니티 —— 친절이라 불리우고 있는 것 —— 라는 말은 그것을 표현하기에는 좀 가볍다.

나는 선이라는 것을 습성이라고 하고, 천성의 선량함은 성향(性向)이라 부르고 싶다. 이것은 사람 마음의 모든 덕성과 위엄 가운데서 가장 위대한 것이다. 그것은 곧 신의 특성이기 때문이다. 그것이 없으면 인간은 일종의 해충에 지나지 않으며, 귀찮고 나쁜 짓을 하는 매우 비참한 존재가 된다.

---

[1] Philanthrophia. 당시는 오늘날 사용되고 있는 필란스로피아라는 영어가 없었기 때문에 베이컨이 그리스어를 그대로 사용한 것으로, 오늘날의 박애보다도 그 의미가 넓은 것으로 생각하면 된다.

선이라 함은 신학상의 덕성인 자비에 해당하는 것으로, 잘못은 있을지언정 지나침이란 없다. 지나친 권력에의 욕망은 천사들을 타락시키고, 지나친 지식욕은 인간을 타락시켰다. 그러나 자비에는 과도란 없다. 천사나 인간이나 그 때문에 위험에 빠질 우려는 없다. 선으로 향하는 성향은 인간의 본성 속에 깊이 새겨져 있다. 그러므로 만일 그것이 인간을 향해서 발산되지 않는다면 다른 동물에게 향하게 된다.

터키인들에게서 흔히 볼 수 있었던 일이지만, 그들은 잔인한 국민임에도 불구하고 동물에 대하여는 따뜻이 대하여서 개나 새에게 먹이를 준다. 부스베키우스[1]의 보고에 의하면 콘스탄티노플에서 한 크리스트교도인 소년이 장난삼아 부리가 긴 새의 입을 막으려고 하다가 돌에 맞아 죽을 뻔했다고 한다.

선 또는 자비의 덕성에 있어서도 사실 과오를 범하는 수는 있을 것이다. 이탈리아 사람들은 "사람이 너무 선량하면 쓸모가 없다"는 불미스러운 속담을 갖고 있다. 그리고 이탈리아 사상가의 한 사람인 니콜라스 마키아벨리는 대담하게도 거의 명백한 말로 다음과

---

[1] 부스벡이라고도 한다. 플랜티스의 학자, 외교관으로 그 여행기에 이 이야기가 나와 있다. 다만 크리스트교도의 소년이 아니라 베네치아의 금은 세공을 하는 직공으로 되어 있다.

같이 쓰고 있다.

"크리스트교의 신앙은 선량한 사람들을 버리고 포악하고 불의에 찬 사람들에게 먹이로 주어 버렸다(마키아벨리 〈로마사론〉 2·2)"라고 한 것은 어떠한 법률이든, 풍파든, 의견이든, 크리스트교도만큼 선을 중요시한 것은 없었기 때문이다. 그러므로 장해(障害)와 위험을 다같이 피하기 위해서 이처럼 뛰어난 습성의 과오를 잘 알아주는 것은 좋은 일이다.

타인의 선을 추구하는 것은 좋지만 그들의 안색이나 기호에 사로잡히지 않는 것이 좋다. 왜냐하면 그것은 의지의 박약, 또는 연약함을 의미하며, 그것은 정직한 마음을 사로잡아 버리기 때문이다. 이솝의 수탉에 보석을 주는 그런 일을 해서는 안 된다. 보리알 하나를 받는 편이 수탉은 더 기쁘고 행복할 것이기 때문이다. 신의 모범이 이 교훈을 진실로 가르쳐 주고 있다.

"하나님은 악한 사람에게나 선한 사람에게나 똑같이 해를 비추어 주시고 의로운 사람에게나 불의한 사람에게나 똑같이 비를 내려 주신다(〈마태복음〉 5장 45절)." 그러나 하나님은 모든 사람에게 평등하게 부의 비를 내리고 명예와 덕성을 빛나게 하지는 않는다.

공통된 은혜는 모든 사람들에게 주어져야 하는 것

이지만, 특별한 은혜는 선택된 사람에게만 주어진다. 초상화를 만들 때는 그 본모습을 손상하지 않도록 조심해야 한다. 왜냐하면 신학은 우리들 자신에 대한 사랑을 원형으로 삼으며, 우리들의 이웃에 대한 사랑은 그 초상으로 보기 때문이다.

"네가 가진 무엇이나 다 팔아 가난한 사람에게 주라. 그리고 와서 나를 따르라(〈마가복음〉 10장 21절)"고 하였다. 그리고 따라오지 않는다면 가지고 있는 것을 모두 팔아서는 안 된다. 즉 이것은 네가 가진 적은 재산도 큰 재산에 못지않게 좋은 일을 할 수 있을 것이라는 사명을 가지고 있을 때에 한한다. 왜냐하면 그렇지 않으면 냇물에 물을 공급함으로써 수원을 말리는 결과가 되기 때문이다.

또한 세상에는 올바른 이성의 지시를 받은 선량한 습성뿐만 아니라, 천성이 선한 기질을 가진 사람도 더러 있다. 한편으로는 천성적인 악인도 있다. 그것은 타인의 선을 좋아하지 않는 성질이 있기 때문이다. 비교적 가벼운 종류의 악의는 비뚤어진 마음, 심술궂음, 반항, 외고집과 같은 것인데 비교적 정도가 심한 것은 질투나 단순한 해로 표현된다.

이러한 사람들은 타인이 불행할 때, 때를 만난 것처럼 언제나 그 불행을 더하게 하는 역할을 한다. 그들은 나사로의 종기를 핥은 개만큼도 착하지 않으며(〈누가복음〉 16장 21절), 날고기 위를 윙윙거리며 날고 있는 파리와도 같은 존재다.

타이먼[1]은 목을 매달기를 원하는 사람을 위해서 자기 집 정원의 나무를 제공하였지만, 그들은 자기들의 정원에 목을 매달 수 있는 나무가 있지도 않으면서 사람들을 목 매달도록 데리고 가는 인간 혐오주의자인 것이다. 이와 같은 성향은 바로 인간성의 오점(汚點)이다. 그러나 위대한 정치가를 만드는 데는 안성맞춤의 재목이다. 그것은 확고하게 서 있어야 할 집을 짓기 위해서는 적합하지 않지만, 파도에 흔들리는 배를 만드는 데는 알맞게 구부러진 재목과도 같은 것이다.

선의 여러 가지 요소나 징표는 많다. 만일 어떤 사람이 미지의 사람에 대해서 친절하고 정중하다면 그 사람은 세계의 시민이며, 그의 마음은 육지로부터 동떨어진 섬이 아니라, 도리어 그것들에 접해 있는 대륙이라는 것을 나타내는 것이다. 만일 타인의 괴로움에

---

[1] Timon, 아테네의 염세주의자. 그의 집 정원에 무화과나무가 있으며 여러 사람이 그 나무에서 목을 맸다. 집을 신축하기 위해 이 나무를 잘라 내게 되었을 때, 목을 매고 싶은 사람은 나무를 베기 전에 어서 오라고 말했다고 한다. 플루타르코스 《그리스·로마 영웅전》(안토니우스 편), 아리스토파네스 《새》 셰익스피어 《아테네의 타이먼》 등에 나온다.

동정적이라면, 그의 마음은 스스로 상처를 입어 방향(芳香)이 있는 수지(樹脂)를 내는 고귀한 발삼의 향목(香木)[1]과 같은 것임을 보여 주는 것이다.

만일 그가 남의 죄를 용서하고 노여움을 푼다면 그의 마음은 해를 입지 않는 높은 곳에 자리잡고 있으며, 따라서 충격을 입지 않는다는 것을 보여 주는 것이다. 만일 그가 조그마한 은혜에 대해서도 감사한다면, 그것은 그가 남의 마음을 소중히 생각하며 사소한 물건은 문제삼지 않는다는 것을 보여 주는 것이다.

그러나 만일 그가 성 바울의 완전성을 갖추고 있고, 그의 형제들을 구원하기 위해서 그리스도의 저주를 받으려고 원한다면, 그것은 신적인 성질이 많고 그리스도 자신과 어느 정도 일치성이 있는 것을 보여 주는 것이다.

---

[1] 이 수피(樹皮)에 상처를 내고 그 상처에서 분비되는 진 같은 물질에서 향유나 진정제를 만든다.

미신에 관하여

신에 대해서 전혀 의견을 갖지 않는 것이, 신의 이름을 더럽히는 의견을 갖는 것보다는 낫다. 왜냐하면 전자는 믿지 않는 것이지만 후자는 모독이기 때문이다. 그리고 미신은 확실히 신성에 대한 비난이다.

플루타르코스는 그런 뜻에서 다음과 같이 말하고 있다. "나는 많은 사람들이 플루타르코스라는 사람이 아예 없었다고 하는 편이 '플루타르코스라는 사람이 있었는데 자기 자식이 태어나자마자 곧 잡아먹었다'라는 말을 듣는 것보다 낫다."[1] 이는 시인이 사투르누

---

1 플루타르코스 〈미신에 관하여〉. 사투르누스는 그리스 신화의 크로노스에 해당한다. 자기 아들에게 왕위를 빼앗길 것을 두려워한 나머지 아이를 낳자마자 잡아먹었다고 한다. 마지막에 제우스가 태어났을 때, 아내인 레아는 아들 대신에 돌을 먹여 제우스를 살렸다고 한다. 후에 사투르누스는 제우스에게 추방을 당했다. 오비디우스나 그 밖의 시인들의 작품에서 이것을 다루었다.

스에 대해 말한 것을 인용한 것이다. 그리고 신에 대한 모독이 크면 클수록 인간에 대한 위험도 더욱 커진다. 무신론은 사람으로 하여금 분별, 철학, 자연에 대한 감정, 법률, 명성 등과 같은 것을 소중히 여기게 한다. 이러한 것들이 모두 외면적인 도덕적 덕성을 지도하게 될지도 모른다. 그러나 미신은 이러한 모든 것들을 파괴하고 인간의 마음속에다 절대적 전제군주제도를 수립한다. 그러므로 무신론이 국가를 문란케 한 일은 결코 없었다. 왜냐하면 그것은 사람들로 하여금 이 세상 밖에 대해서는 눈을 돌리지 않게 함으로써 그 자신을 경쾌하게 하기 때문이다.

우리는 무신론으로 기울어진 시대는(예를 들면 아우구스투스, 카이사르의 시대처럼) 평온한 시대였다는 것을 알고 있다. 그러나 미신은 많은 나라에 혼란을 가져왔으며, 그리하여 새로운 천체를 끌어들이게 되고, 그것은 통치의 모든 영역을 교란시키게 된다.

미신의 주인공은 민중이다. 그리고 모든 미신에 있어서는 현명한 사람들이 어리석은 사람들을 추종한다. 그리고 정상적인 순서와는 반대로 먼저 실행이 있고 이론이 뒤에 적용된다. 트렌트 회의[1]에서 스콜라

---

1 1545~1563년까지 이탈리아의 트렌트에서 단속적으로 열렸고,

학파의 이론은 대단한 세력을 차지했는데, 거기에서 몇 사람의 고위 성직자들이 정중하게 다음과 같이 말하였다. "스콜라 학파 사람들은 천문학자와 비슷하다. 그들은 여러 가지 현상을 설명하기 위해서 그들 자신은 그러한 것이 없다는 것을 알고 있으면서도 이심권(離心圈)과 주전원(周轉圓)과 같은 궤도의 기관(機關)을 꾸며 냈다."

스콜라 학파 사람들은 그와 마찬가지 방법으로 교회가 하고 있는 일을 설명하기 위해서 여러 가지 미묘하고도 복잡한 공리(公理)와 정리(定理)를 만들어 냈다.

미신의 원인으로서는 사람의 마음을 즐겁게 하는 감각적 제례(祭禮)와 의식(儀式), 지나치게 외면적이고 허례적인 신성(神聖), 전통에 대한 지나친 존중으로 인한 교회의 부담, 고위 성직자들의 자기 자신의 야심과 이득을 위한 책략(策略), 좋은 의도를 지나치게 장려함으로써 망상과 신기한 것에 대한 문을 열게 하는 것, 신과 인간의 문제를 가지고 상상하기 때문에 상상력이 혼합되지 않을 수 없는 것 등이 있다. 마지막으로

반복음주의를 특색으로 하며, 카톨리시즘 부흥을 목적으로 삼았다. 거기서 논의된 것 가운데 이심권(離心圈)(프롤레마이오스 천문학으로 지구를 중심으로 하지 않는 천체)이나 주전원(周轉圓)(커다란 천체 천체 주변에 그 중심을 갖는 작은 천체)에 관한 것이 포함되어 있다.

야만 시대, 특히 재난과 불행이 결부되어 있을 때이다.

미신은 너울을 쓰지 않을 경우는 추한 것이다. 예를 들면 원숭이가 인간을 많이 닮은 것이 그 추악함을 더하는 것처럼, 미신이 종교와 유사하다는 것 때문에 그것은 더욱 추악하다. 그리고 정육(精肉)이 부패해서 작은 구더기가 되는 것처럼, 바른 의식과 질서가 썩어서 많은 허례허식이 되는 것이다.

미신을 피하기 위해서 미신에 빠지는 예도 있다. 그것은 사람들은 이미 받아들인 미신으로부터 가장 멀리 떠나는 것이 가장 잘하는 짓이라고 생각하는 때이다. 그러므로 설사약을 잘못 먹었을 때처럼, 좋은 것이 나쁜 것과 함께 제거되지 않도록 주의해야 한다. 그러한 일은 민중의 종교 개혁자가 되었을 때 일어나기 쉽다.

여행에 관하여

 여행은 젊은 사람에게 있어서는 교육의 일부분이 되고, 나이 많은 사람에게는 경험의 일부가 된다. 여행하고 있는 그 나라의 말을 전혀 모른다면 학교에 가는 것이지 여행하는 것은 아니다. 젊은 사람들이 가정교사나 성실한 하인의 인도하에 여행하는 것은 참으로 좋은 일이다. 다만 그 사람들이 그 나라 말을 알고, 또 이전에 그 나라에 있었던 사람의 경우에 한한다. 그러면 그 사람들은 그들이 가려고 하는 나라에서 볼 만한 것이 무엇이며, 어떠한 친지를 찾을 것인가, 그리고 어떠한 수양과 훈련을 그 땅에서 얻을 수 있는가를 젊은이들에게 말해 줄 수 있을 것이다. 그렇지 않으면 젊은 사람들은 눈가리개를 하고 떠나는 것과 같으며 바깥 세상을 거의 보지 못하게 될 것이다.
 항해를 할 때는 하늘과 바다밖에는 보지 못하는데,

사람들은 항해 일지를 적는다. 그러나 관찰할 만한 것이 너무나 많이 있는 육지의 여행에 있어서는 대개의 경우 이를 게을리하니 이는 기묘한 일이다.

우연한 일이 관찰의 결과보다도 기록하는 데 적합하다고 생각하고 있는 것일까? 그러므로 일기를 이용하는 것이 좋다.

구경하고 관찰할 만한 것으로는 왕후(王侯)의 궁정, 특히 외국 사신을 알현할 때의 궁정, 개정(開廷)되어 소송이 진행되고 있을 때의 법정과 종교 재판소, 교회와 수도원, 그리고 그 안에 보존되고 있는 기념물, 도시의 성벽과 성채(城砦), 항만, 고적과 폐허, 도서관, 대학, 토론회나 강의, 선박과 해군, 대도시 근처의 호화로운 저택이나 공원, 병기고(兵器庫), 병기 제조소, 저장소, 시장, 거래소, 창고, 마술(馬術), 검술, 병사의 훈련 등이 행해지던 곳, 상류 사람들이 구경하는 희극, 보석과 의상을 진열한 곳, 귀중품이나 골동품, 그리고 마지막으로 그들이 방문하는 곳에서 기억해 둘 만한 것은 무엇이든지 가정 교사나 하인은 세밀히 조사해야 한다. 개선식(凱旋式), 가면 무도회, 결혼식, 장례식, 사형과 같은 구경을 일부러 주의할 필요는 없지만 무시할 것은 못 된다.

만일 젊은 사람에게 짧은 기간 동안에 여행을 시키

고, 짧은 시간 내에 많은 수확을 얻게 하려면 다음과 같이 하지 않으면 안 된다.

첫째로 이미 이야기한 것처럼, 그 젊은이는 출발에 앞서 그 나라의 말을 어느 정도 익혀야 한다. 그리고 이미 말한 것이지만, 그 나라를 잘 알고 있는 하인이나 가정 교사를 거느리고 있어야 한다. 자기가 여행하려고 하는 나라에 관해서 서술해 놓은 지도나 책을 가지고 가는 것도 좋다. 그것은 그의 연구에 좋은 열쇠가 될 것이다. 일기를 쓰는 것도 좋은 일이다.

같은 도시에 오래 머물지 않는 것이 좋다. 장소에 따라서 차이는 있을지언정 오래 머무는 것은 좋지 않다. 한 도시에 머물 때에는 그 도시의 한 끝에서 다른 장소에로 숙소를 옮기는 것이 좋다. 그것은 지기(知己)를 만드는 중요한 장소가 되는 것이다. 자기와 같은 나라의 사람을 피하고 자기가 여행하고 있는 나라의 좋은 친구들이 있는 장소에서 식사를 하는 것이 좋다. 한 장소에서 다른 장소로 옮길 때에는 자기가 옮기려고 하는 곳에 살고 있는 신분 높은 사람 앞으로 된 소개장을 얻어 두는 것이 좋다.

그것은 자기가 보고 싶어하고 알고 싶어하는 일에 대해서 도움이 될 수 있기 때문이다. 그렇게 하면 그는 여행 시간을 절약하면서 이득을 얻을 수가 있다.

여행 중에 바람직한 교제에 관해서 말하면, 무엇보다 유익한 것은 대사들의 비서나 보좌관들과 사귀어 두는 일이다. 왜냐하면 그렇게 하면 한 나라를 여행하면서 많은 나라의 경험을 흡수할 수 있기 때문이다. 해외에 명성을 떨치고 있는 여러 방면의 저명 인사를 만나고 방문하는 것도 좋다. 실제 생활과 명성이 어느 정도 일치하는지를 알 수 있기 때문이다.

싸움에 관해서는 조심성 있게, 분별 있게 이를 피해야 한다. 싸움은 보통 여자의 문제, 축배를 들 때, 좌석의 문제, 실례되는 말 등으로 일어난다. 그리고 성내기 쉽고 싸움하기 좋아하는 사람과 접촉할 때는 조심해야 한다. 왜냐하면 그들은 자기네들의 싸움에다 그를 끌어넣기 때문이다.

여행자가 귀국했을 때에는 자기가 여행한 나라들을 전적으로 내버려 두지 않도록 하는 것이 좋다. 그 동안 가장 친하게 사귄 사람들과 서신 교환을 하는 것이 좋다. 그리고 자기의 여행을 의복이나 몸짓 따위로 나타내기보다는 이야기로 나타내는 것이 좋다. 그리고 이야기에 있어서도 나서서 이야기를 하는 것보다는 질문에 대해서 신중히 대답하는 것이 좋다.

그리고 자기가 자기 나라의 풍습을 버리고 외국의 것을 취하지 않았다는 것을 보이는 것이 좋다. 그리고 자기가 외국에서 배운 약간의 정화(精華)를 자기 나라의 풍습 속에 심도록 하는 것이 좋다.

충고에 관하여

인간과 인간 사이에 최대의 신뢰는 충고를 해주는 신뢰이다. 다른 사람과의 관계에서, 사람들은 인생의 여러 부분 중 토지라든가 재화·자녀·신용 등 어떤 특정 문제들을 맡기지만 자기의 충고자로 삼는 사람에게는 모든 것을 맡긴다. 그러므로 충고자는 어디까지나 신의와 정직을 지키지 않으면 안 된다. 아무리 현명한 군주라 할지라도 충고에 의지하는 것이 자기의 위대성을 감소한다든가, 자기의 능력을 손상시킨다고 생각할 필요는 없다. 신 자신이 이것을 택한 것으로, 그것을 그의 축복될 아들의 위대한 이름의 하나로 삼았다. 즉 그리스도를 충고자(《이사야서》 9장 6절)라고 부르고 있는 것이다. 솔로몬은 "충고 속에 안정이 있다"고 분명히 말하고 있다.

일에는 첫번째 또는 두번째의 토의가 있을 것이다.

만약에 일들이 논의에 부쳐지지 않는다면 그것은 운명의 물결에 내던져지고, 깨지기도 하고, 마치 술주정뱅이의 발걸음처럼 모순투성이가 될 것이다. 솔로몬의 아들은 그의 아버지가 충고의 필요성을 인정한 것처럼 충고의 힘을 깨달았다. 왜냐하면 신의 사랑을 받은 왕국이 처음으로 분열된 것은 나쁜 충고 때문이었다.[1]

이것은 나쁜 충고를 언제든지 가장 잘 식별하는 데 도움이 되는 두 가지의 특징을 보여줌으로써 교훈이 되었다. 즉 사람에 관해서 말하면 젊은 사람의 충고이며, 내용에 관해서 말하면 난폭한 충고였다.

고대인은 비유를 들어 충고와 국왕과의 일체화 및 불가분의 결합과 또 충고를 국왕이 현명하고도 분별 있게 이용하는 것에 대해서 말하고 있다. 전자는 주피터가 충고를 뜻하는 메티스와 결혼하였다는 이야긴데, 이것은 군주가 충고와 결혼했다는 뜻을 나타내고 있다. 다른 하나는 이것에 계속되는 이야기로서, 다음과 같이 이야기되고 있다.

주피터가 메티스와 결혼한 후에 그녀는 임신했다.

---

1 〈잠언〉 20장 18절. 솔로몬의 아들 레호보암(재위 B.C. 933~917)은 노인의 충고를 물리치고 청년의 말을 듣고 민중의 소리에 귀를 기울이지 않았기 때문에 반란이 일어나 망했다.

그러나 주피터는 그녀가 분만할 때까지 기다리지 않고 그녀를 잡아먹어 버렸다. 주피터 자신이 아이를 배게 되었고 무장한 팔레스를 그의 머리로부터 분만하였다. 이 엄청난 이야기 속에는 국왕이 어떻게 궁정의 심의회를 이용해야 할 것인가 하는 통치의 비결을 내포하고 있다.

국왕은 먼저 심의회에서 문제에 대해 자문(諮問)을 구해야 한다. 이것은 첫번째의 수태이다. 문제가 심의회의 태중(胎中)에서 형체가 이루어지고 형성되면, 곧 출산할 만큼 성숙한 시기가 된다. 그때에는 국왕은 심의회로 하여금 그들이 만든 것으로서, 그 문제에 관한 결의나 명령을 하지 못하도록 하여, 그 문제를 일단 자기의 수중에 넣어 그것에 관한 칙명(勅命)이나 최후의 지시는(그것은 신중하고 강력한 권력을 가지고 나타나기 때문에 무장한 팔레스에 비유된다) 국왕 자신으로부터는 나온 것처럼 세상에 보이게 된다. 그리고 국왕의 권위로부터 나올 뿐만 아니라(자기 자신의 명성을 더욱 높이기 위해서) 국왕 자신의 두뇌와 의향에서 나온 것처럼 하는 것이다.

다음으로 충고의 불편한 점과 그 대책에 관해서 이야기하자. 충고를 구하고 그것을 이용할 때에 지금까지 인정되고 있는 불편은 세 가지가 있다.

첫째는 문제를 밝히게 된다는 것이다. 그 때문에 비

밀을 지킬 수 없게 된다. 둘째는 군주의 권위의 약화이다. 즉 자신의 능력이 부족한 것처럼 보이기 때문이다. 셋째는 충고가 불성실해져서 충고를 받는 사람보다는 충고를 주는 사람의 이익을 도모할 위험이 있다. 이러한 불편에 관해서는, 이탈리아의 어떤 학설에는 비밀각의(秘密閣議)의 도입이 제기되었고, 프랑스의 어느 왕조에서는 그것이 실시되기도 하였다. 대책은 그 폐해(弊害)보다도 더욱 나빴다.

비밀에 관한 한, 군주는 모든 문제를 모든 고급관리들에게 통고할 필요는 없다. 그 일부를 빼고 선택하는 것이 좋다. 어떻게 하는 것이 좋을까를 상의하는 사람은 자기가 하고자 하는 것을 공언할 필요는 없다. 그러나 국왕은 자신에 의해서 비밀이 누설되지 않도록 조심해야 한다. 그리고 비밀각의에 관해서는 "나는 허점(虛點)투성이다"라는 말을 표어로 삼는 것이 좋을 것이다.

지껄이기 좋아하는 한 사람이 비밀을 지키는 것을 의무로 알고 있는 여러 사람들보다 더욱 많은 해를 끼친다. 실제로 어떤 문제는 극단적인 비밀이 요구되며, 국왕 이외에는 한 사람 또는 두 사람 이상으로 퍼져서는 안 되는 것도 있을 것이다. 이러한 충고로 일이 잘 안 되는 것도 아니다. 왜냐하면 이렇게 하면 비밀이 유지될 뿐 아니라, 그 충고는 아무런 혼란 없이 한 가지 방향으로 나아가기 때문이다. 그러나 이 경우 국왕은 자기 문제를 자신이 처리할 수 있어야 한다. 그리고 그 심복인 고문관들은 현명한 사람들이어야 하고, 특히 국왕의 목적에 충실하며, 신뢰할 수 있는 사람이어야 한다.

영국의 헨리 7세는 가장 중대한 정무(政務)에 관해서는 모톤과 폭스[1] 외에는 아무에게도 자기의 마음을 털어놓지 않았다.

권위의 약화에 관해서는 앞에서 말한 신화가 그 대책을 보여 주고 있다. 사실 국왕의 위엄은 충고를 받는 자리에 임석하였을 때, 감소하기보다는 도리어 높아진다. 고문회의에 의해서 자신에 대한 충성을 상실한 군주는 없었다. 다만 한 사람의 고문관이 지나치게 위대하다든가, 또는 몇 사람의 고문관이 지나치게 긴밀하게 결합하는 경우는 예외이다. 그러나 그러한 일은 곧 발견되고 대책이 강구된다.

마지막 불편은, 사람들이 자기 자신의 이익을 안중에 두고 충고할 것이라는 우려이다. "주님은 이 땅 위

---

[1] 모톤(1420~1500)은 1486~1500년 캔터베리의 대주교, 1487년 대법관. 폭스(1448~1528)는 윈체스터의 주교로, 헨리 7세의 국새상서고문(國璽尙書顧問).

에 믿음을 보지 못할 것이다"라고 하는 것은 그 시대의 일반적 풍조를 말한 것으로, 세상에는 믿음직하고, 성실하고, 분명하고, 솔직하여 술책을 쓰지 않고 표리가 없는 사람들이다. 군주는 무엇보다 이와 같은 성질을 가진 사람들을 자기 곁에 끌어들이는 것이 좋다.

한편 고문들은 대개의 경우 단결하지 않으면 도리어 서로 남을 경계하고 있다. 그러므로 누구든지 당파나 개인적인 목적을 위해서 충고를 하는 사람이 있으면 그것은 대개 국왕의 귀에 들어간다.

그러나 가장 좋은 대책은 그 고문관들이 그들의 군주를 알고 있는 것과 마찬가지로 군주도 그의 고문관들을 파악해 두어야 한다. "군주의 최고의 덕성은 그 신하들을 아는 일(마르티아리스 〈경구집(警句集)〉 8·15·8)"인 것이다.

한편 고문관들은 그 주권자의 인물됨을 너무 파헤쳐서는 안 된다. 고문관의 참된 자질은 주인의 성질을 아는 것보다는 업무에 익숙해지는 데 있다. 왜냐하면 그렇게 해야만 그는 비위를 맞추는 데만 몰두하지 않고 바른 충고를 주려고 하기 때문이다.

군주들에게 특히 유용한 것은 그 고문회의의 의견을 따로따로 듣는 동시에, 또 함께 듣는 일이다. 왜냐하면 사적인 의견은 비교적 자유롭고 타인 앞에서의 의견은 비교적 신중하기 때문이다. 사적인 자리에서 사람들은 자기의 기분을 나타내는 데 대담하지만, 여러 사람이 함께 있는 경우에는 다른 사람들의 기분에 좌우되기 쉽다. 그러므로 두 가지 방법을 동시에 취하는 것이 좋다.

비교적 신분이 낮은 자들로부터는 그들의 자유를 유지하도록 개별적인 충고를 듣는 것이 좋고, 비교적 신분이 높은 자들로부터는 공석에서 신중을 기해 충고하도록 하는 것이 좋다.

군주가 여러 가지 문제에 관해서 충고를 받아들인다 하더라도, 인사 문제에 관한 충고를 받아들이지 않는다면 헛된 일이다. 왜냐하면 여러 가지 문제는 죽은 영상(影像)과 같은 것이지만 문제를 처리하는 데 있어서 생명이라고 할 수 있는 것은 인물을 잘 선택하는 데 있다. 그리고 인물에 관하여 개괄적으로 관념이나 수학상의 설명처럼, 어떤 종류의 어떤 성격의 인물이어야 하는가를 논의하는 것만으로서는 충분치 못하다. 왜냐하면 가장 커다란 과오를 범하는 것도, 그리고 가장 좋은 판단이 나타나는 것도 개인을 선택하는 데 있기 때문이다.

"최선의 충고자는 죽은 사람들, 즉 책이다"[1]라는 말은 실로 진리라 할 수 있다. 책은 충고자들이 꺼려하는 것까지도 솔직히 말해 주고 있다. 그러므로 책과 친하게 지내는 것은 좋은 일이다. 특히 자기 자신이 한 나라의 무대 위에서 주역을 한 경험이 있었던 사람들의 책은 더욱 그렇다.

오늘의 고문관 회의는 대개 어디에 있어서나 간담회에 지나지 않으며, 거기서는 문제가 토의된다기보다는 이야기되는 것에 지나지 않는다. 그리하여 지나치게 빨리 처리되어 고등관 회의의 규칙이나 결의가 되어 버린다. 중요한 문제에 있어서는 의제가 그날에 제안되면 다음날까지는 이에 대해서 토의하지 않는 편이 좋을 것이다.

그리스의 속담에 "밤에 자면서 숙고하라"는 말이 있다. 잉글랜드와 스코틀랜드의 합병을 심의하는 의원회에서는 그렇게 하였다.[2] 그것은 신중하고 질서 있는 회의였다. 나는 청원(請願)을 위해서는 일정한 날짜를 설명하는 것이 좋으리라고 생각한다. 왜냐하면 그렇게 하면 청원자는 비교적 확실하게 출석할 수 있고,

---

1 알라곤의 알폰소(1396~1458)의 《경구집》에 이와 같은 말이 있다.
2 잉글랜드와 스코틀랜드의 합병은 1604년 10월에서 12월 사이에 체결되었다. 베이컨은 합병에 큰 역할을 하였다.

국무를 위한 회합도 자유로이 진행하면서 당면 문제를 처리할 수 있기 때문이다. 고문관 회의의 의안(議案)을 준비하는 위원의 선정에 있어서는 중립적인 사람을 선정하여 균형을 잡는 것이 양파 가운데서 당색이 강한 사람을 끌어들이는 것보다는 낫다. 나는 또한 상임위원회를 권한다.

예를 들면 통상, 재정, 전쟁, 소송, 기타 여러 가지 부문의 문제 등을 위해서 필요한 것이다. 왜냐하면 여러 가지 개개의 고문회의가 있고, 국가회의[1]가 하나밖에 없는 경우(스페인의 경우처럼)도 이들보다 큰 권위를 가졌다는 점을 제외하면 그것들은 결국 상임위원회에 지나지 않는다.

각기 특수한 직업 즉 법률가, 선원, 화폐 주조자[2]에 종사하는 사람들이 고문회의에 정보를 제공하는 경우 먼저 상임위원회 앞에서 의견을 청취하고, 그런 다음에 기회를 보아 고문회의를 청취하게 하는 것이 좋다. 그리고 그들이 떼를 지어 오거나, 거친 태도로 들어오

---

1 라틴어로는 이런 경우의 estate는 국가라는 뜻으로 모든 것을 통일하는 최고회의의 뜻. 스페인에는 당시 인도 회의, 스페인 회의, 이탈리아 회의, 군사회의 등 여러 가지 회의가 있었다.
2 화폐 주조자가 여기에 나온 것은 특히 전문적이고 중요하기 때문이다. 후에 뉴턴이 조폐국 장관을 지낸 적이 있다.

지 않도록 하라. 왜냐하면 그런 행위는 정보를 제공하기보다는 고문회의를 소란케 하기 때문이다.

긴 탁자라든가 네모진 탁자라든가, 혹은 벽 둘레에 있는 좌석들은 단순히 형식처럼 보일지는 모르나 매우 실질적이다. 왜냐하면 긴 탁자의 경우에는 윗자리에 앉은 소수자가 사실상 모든 일을 지배하기 때문이다. 그러나 다른 형식의 경우에는 말석에 앉아 있는 고문관들의 의견이 더 많이 이용된다.

국왕이 고문관 희의를 주재할 때에는 자기가 제안한 문제의 대해서 자기 자신의 의견을 너무 많이 드러내지 않도록 조심해야 한다. 그렇지 않으면 고문관들의 국왕의 진의를 알게 되어 기탄 없는 충고 대신 국왕의 비위를 맞추는 말만을 하게 되기 때문이다.

교활에 관하여

 우리는 교활을 사악하고 비뚤어진 지혜라고 보고 있다. 확실히 교활한 사람과 현명한 사람은 커다란 차이가 있다. 정직뿐만이 아니라 능력이라는 점에 있어서도 그렇게 말할 수 있다. 세상에는 화투장을 잘 꾸리기는 하지만 화투놀이를 잘못하는 사람도 있다. 마찬가지로 유세(遊說)나 당쟁에는 능하지만 다른 면에서 무능한 사람도 있다.
 또 사람을 이해하는 것과 사물을 이해하는 것은 다르다. 왜냐하면 사람의 기질에 대해서는 십분 통달하고 있으면서도 현실적인 실무 능력은 그다지 뛰어나지 못한 사람이 많기 때문이다. 그것은 책보다는 인간을 연구하는 사람에게 흔히 있는 경향이다. 이와 같은 사람들은 충고보다는 실무에 더욱 적합하다. 그들은 다만 자기의 무대에서만 잘할 뿐이다. 그들을 처음

보는 사람에게 응대(應對)시키면 그들은 조준(照準)을 잃고 만다. 그래서 어리석은 자와 현명한 자를 판별하는 옛날의 방식, 즉 "두 사람을 벌거숭이로 해서 낯모르는 사람에게로 보내 보면 알 수 있을 것이다"[1]라는 것은 그러한 사람들에게는 거의 적용되지 않는다. 그리고 이와 같은 교활한 사람들은 마치 조그마한 상품을 파는 잡화상처럼 가지각색이므로 그 상점을 들추어보는 것도 나쁘지는 않을 것이다.

교활은 이야기하려고 하는 상대방을 자기 눈으로 똑똑히 바라보고 있는 것이다. 예를 들면 현명한 사람이라 할지라도 가슴속의 비밀을 얼굴에는 뚜렷이 나타내는 사람들이 많기 때문이다. 때로는 시치미를 떼고 눈을 슬쩍 내리감는 체해야 한다. 예수회 교도들이 흔히 그런 방법을 쓴다.

또 한 가지는 당신이 지금 빨리 서둘러야 할 어떤 일이 있을 때에 상대방을 다른 이야기를 가지고 농락하는 일이다. 그것은 상대방이 이의를 제시하지 않도록 상대방의 눈을 홀리는 것이다. 내가 알고 있는 고문관 겸 대신은 영국의 엘리자베스 여왕의 서명을 받

---

[1] 디오게네스 라에르티오스가 기원전 5세기경 소크라테스의 제자인 아리스티포스의 말을 인용하고 있는 것.

기 위해 법안을 가지고 갈 때에는 반드시 먼저 여왕을 국사(國事)에 관한 어떤 이야기로 끌어들임으로써 그만큼 법안에 대해서는 마음을 적게 쓰도록 하였다.

이와 비슷한 기습으로는 상대방이 급히 서두르고 있어서 제안된 문제를 차분히 생각할 수 없을 때를 살펴서 제안하는 일이다.

만일 어떤 사람이 다른 누군가가 훌륭하게, 그리고 효과적으로 제안할지도 모르는 일을 방해하려고 생각한다면, 그것이 잘되기를 바라는 것처럼 하면서, 그것이 좌절되도록 스스로 그것을 제안하는 것이 좋다.

이야기하고 있는 도중에 마치 말문이 막힌 것처럼 중단하면 상대방 마음에 알고 싶어하는 호기심을 더욱 불러일으키게 한다.

무엇이든 자진해서 제안하는 것보다는 상대방의 질문을 받고 알아차리는 것처럼 보이게 하는 것이 더 효과적이기 때문에 평소와는 다른 표정과 안색으로써 상대방의 질문을 유도하는 것도 한 가지 방법이다. 상대방으로 하여금 평소와 달라진 것이 무슨 까닭이냐고 묻게 하는 기회를 주기 위해서이다. 예를 들면 느헤미야가 "나는 지금까지 국왕 앞에서 슬픈 표정을 지은 적이 없었다"[1]라고 한 것도 마찬가지다.

 신중을 요하고, 또 불쾌한 일에 대해서는, 누구나 그의 말을 대단치 않게 생각하는 사람으로 하여금 이야기를 끄집어내게 하고 그의 말을 귀담아들을 만한 사람의 말은 보류해 두었다가 우연히 나온 것처럼 보이게 하기 위해서 다른 사람의 말에 대해서 질문을 하게 하는 것이 좋다. 예를 들면 나르키소스[2]가 클라우디우스에게 메살리나와 실리우스의 간통을 이야기할 때 그렇게 하였던 것이다.[3]

 어떤 사람이 자기 자신의 생각을 드러내고 싶지 않은 일에 대해서는, 세상의 이름을 빌리는 것이 교활의 한 가지 방법이다. 예를 들면 "세상에서는 이렇게 말하고 있다"든가 "이러이러한 이야기가 퍼지고 있다"고

---

1 〈느헤미야〉 2장 1절. 느헤미야는 유태의 예언자로 동포와 함께 바빌로니아에 포로로 잡혀가 아닥사스다 왕의 궁정에 유폐되어 있었는데, 어느 날 대왕에게 수심에 잠긴 얼굴을 보임으로써 마침내 왕의 질문을 유도하고, 그것을 기회로 삼아 귀향의 뜻을 표명하여 유태 재흥의 대망을 달성했다고 한다.

2 원래 노예였는데 로마의 황제 클라우디우스의 총애를 받게 되었고, 황제에게 고자질하여 많은 사람들을 죽게 하였다.

3 클라우디우스는 로마의 황제(재위 41~54). 메살리나는 그의 최초의 황후로서 매우 방탕하였으며, 황제가 없는 틈을 타서 애인인 실리우스와 간통했다. 그는 그것을 몰랐으나 나르키소스가 한 궁녀로 하여금 이 사실을 발설케 하고 다음에는 다른 궁녀로 하여금 이를 보증케 함으로써 실리우스를 처형당하게 하였다.

말하는 것이다.

내가 알고 있는 어떤 사람은 편지를 쓸 때, 가장 중요한 용건은 추신에다 적고 마치 그것이 대수롭지 않은 일처럼 보이게 했다.

내가 알고 있는 또 한 사람은 이야기를 할 때, 가장 말하고 싶어하는 문제는 슬쩍 남겨두고, 이야기를 진행하다가 되돌아와서 마치 그것을 거의 잊을 뻔했다는 듯이 말하는 것이었다. 어떤 사람들은 그들 자신편에게 급습을 당하도록 하는 자들도 있다. 자신들이 농락하려고 하는 상대방이 갑자기 자기에게 찾아온 때에 깜짝 놀라는 것처럼 꾸미기 위해서, 그 자신의 손에 편지를 쥐고 있거나 또는 평소에 하지 않는 어떤 짓을 하여 상대방에게 들킨 체한다. 그것은 자기가 말하고 싶어하는 일을 그들이 질문하도록 그들 앞에 갖다 놓는 것이다.

교활의 또 다른 방법은 자기 자신이 어떤 말을 터뜨려 놓고, 그것을 다른 사람이 익히고 사용하도록 하고, 그렇게 된 후 이를 역이용한다. 내가 알고 있는 두 사람은 엘리자베스 여왕시대에 국무대신의 자리를 얻으려고 서로 다투었는데, 그 두 사람의 사이는 좋았고 또 일에 관해서는 서로 의논을 하였다. 그들 가운데 한 사람이 쇠퇴기에 있는 왕조에 국무대신이 되는 것은 불안한 일이며, 자기로서는 그것을 원치 않는다고 하였다.

다른 한 사람은 곧 이 말을 그의 각계 각층의 친구들과 이야기할 때에 쇠퇴기에 있는 왕조에 그가 국무대신을 원할 이유가 없다고 하였다. 먼저 사람은 그 말이 여왕의 귀에 들어가도록 수단을 썼다. 여왕은 쇠퇴기에 있는 왕조라는 말을 듣고 매우 불쾌하게 생각하였으며, 그 다음부터는 다른 한 사람의 청원은 전혀 들으려고도 하지 않았다.

영국에는 "냄비 속에서 고양이를 뒤집는다"라고 표현되는 교활이 있다. 이것은 즉 어떤 사람이 타인에게 말한 것을 타인이 자기에게 말한 것처럼 보이게 하는 것이다. 그리하여 그와 같은 문제가 두 사람 사이에 생겼을 때, 그들 가운데 누가 먼저 말을 시작하였는가를 밝히는 것은 수월한 일이 아니다.

"나는 이러한 것은 하지 않는다"고 말하는 것처럼 부정(否定)을 함으로써 자신을 정당화하고, 따라서 타인을 암암리에 헐뜯는 사람들이 있다. 마치 티겔리누스[1]가 부르후스에게 한 것처럼, 티겔리누스는 "황제의

---

[1] 네로 황제의 신하로 그는 황제의 총애를 받고 친위대장이 되었다. 마찬가지로 황제의 총애를 받고 있는 신하 부르후스의 독살에 관련되었다고 하는데, 그 후에 자살하였다. 인용은 타키투스 〈연대기〉 14 · 57.

안전을 바라는 것 이외에는 다른 목적은 나에게는 없다"고 말하였다.

어떤 사람들은 많은 화제와 이야기를 준비하고 있어서, 무엇인가 말하려고 할 때에는 반드시 그것을 엇비슷한 이야기로써 덮어씌운다. 이것은 그들 자신을 더욱 안전한 위치에 둘 뿐만 아니라 타인으로 하여금 그것을 더욱 유쾌한 마음으로 전파하도록 한다.

자기가 바라는 대답을 자기의 말이나 제안으로 만드는 것도 교활의 한 가지 좋은 점이다. 왜냐하면 그것은 상대방으로 하여금 덜 주저케 하기 때문이다.

어떤 사람들이 그들이 말하고자 하는 것을 이야기하기 위해서 얼마나 오랫동안 기다리며, 또 얼마나 멀리 우회를 하며, 또 그 목적에 접근하기까지 얼마나 많은 다른 이야기를 해야 하는가는 기묘한 일이다. 이것은 많은 인내를 요하는 일이지만 매우 유용하다.

갑작스럽고 대담한 의외의 질문은 대개의 경우 사람을 놀라게 하며, 그 사람의 진심을 털어놓게 한다. 이름을 고쳐서 사용하고 있는 어떤 사람이 성 바울 사원을 걷고 있을 때, 다른 사람이 갑자기 그의 등뒤에 와서 그의 진짜 이름을 불렀을 때, 곧 뒤를 돌아보았다.

이러한 자질구레하고 보잘것없는 교활은 무한히 있

다. 그것들의 목록을 만들어 놓는 것도 좋을 것이다. 왜냐하면 교활한 인간이 현명한 인간으로 통하는 만큼 국가에 해로운 것은 없기 때문이다.

그러나 확실히 세상에는 일의 시초와 끄트머리는 알고 있지만 일의 핵심까지는 파고들어가지 못하는 사람들이 있다. 마치 편리한 계단과 출입구는 있지만 훌륭한 방이 없는 집과도 같다. 그러므로 그러한 사람들은 결론에서는 그럴듯한 결말을 찾아내지만 문제를 검토하거나 논의할 수는 없다는 것을 우리는 알게 될 것이다. 그러나 보통 그들은 자기의 무능력을 이용해서 지도력이 있는 사람처럼 생각되기를 바란다.

어떤 사람은 자기의 견실(堅實)한 행동에 의해서가 아니라 도리어 남을 속여서 "지금 우리가 말하고 있는 것처럼" 하며 그 사람들이 계략에 걸리도록 꾀한다.' 그러나 솔로몬은 "어리석은 자는 온갖 말을 믿으나 슬기로운 자는 그 행동을 삼가느니라(〈잠언〉 8장 14절)"고 말하였다.

우정에 관하여

"무릇 고독을 즐기는 자는 모두 야수가 아니면 신이다(아리스토텔레스《정치학》1·2)"라고 말한 철인이 있는데, 이렇게 짧은 말 속에다 진리와 오류를 한꺼번에 담기는 어려웠을 것이다. 왜냐하면 어떤 인간이 사회에 대해서 생래적(生來的)으로 품는, 마음속 깊이 혐오하고 기피하는 것이 어느 정도 야수적인 데가 있다고 하는 것은 전적으로 진실이라고 할 수 있으나, 그것이 신적인 성질을 어느 정도 지니고 있다고 생각하는 것은 진실이라고 할 수 없기 때문이다.

고독을 즐기는 데서가 아니라 한층 높은 고결함을 위해서 자기 자신을 은둔(隱遁)케 하는 것을 사랑하고 원하는 마음에서 그렇게 하는 경우는 다르다. 예를 들면 몇 가지 이교도, 즉 칸디아의 에피메니데스[1] 로마의 누미,[2] 시실리의 엠페도클레스,[3] 티아나의 아폴로니우스[4]와 같은 사람들이 그러했다고 전해지고 있는데, 몇 사람의 고대의 은자(隱者)와 그리스도 교회의 초기의 신성한 교부들은 실지로 그러했다. 그러나 고독이란 어떠한 것이며, 그 한계가 어디까지인가에 대해서는 사람들은 거의 알지 못하고 있다.

군집(群集)은 반려(伴侶)가 아니며, 여러 얼굴들은 다만 초상화의 진열에 지나지 않고 애정이 없는 곳에서의 대화는 악기가 울리는 소리에 지나지 않는다——"대도시는 커다란 고독의 땅"[5]이라고 한 로마의 속담은 그것을 어느 정도 잘 나타내고 있다. 그것은, 대도

---

[1] 칸디아 섬(크레타 섬)에서 태어난 기원전 7세기경의 철학자. 57년간이나 동굴 속에서 살았으며, 그 동안에 여러 가지 지식을 터득했다고 전해진다.
[2] 전설적인 로마의 제2대 왕으로 가끔 동굴 속에서 사는 요정에게 가서 지시를 받았다고 한다.
[3] 기원전 5세기경의 시칠리아 섬의 철학자이며 시인. 자기가 신과 같은 존재라는 것을 사람들에게 믿게 하기 위해서 에트나 산의 분화구에 투신하여 자살하였다고 한다.
[4] 티아나는 소아시아의 카파도키아의 고도(古都). 1세기경의 그리스의 네오 피타고라스학파의 철학자.
[5] 에라스무스의 〈격언집〉 가운데 스트라보의 인용구로서 서술되어 있는 것.

시에서 친구는 산재(散在)해 있기 때문에 대개의 경우 비교적 협조한 이웃에서와 같은 친밀한 교제가 없기 때문이다. 그러나 우리는 한 걸음 나아가 진실한 친구가 없다는 것은 참으로 고독하며, 또 가련한 고독이라고 단언해도 대체로 옳을 것이다. 그것이 없는 세상은 황야에 지나지 않다. 이런 의미로 생각하더라도 그 천성과 감정이 교우에 적합하지 못한 사람은 모두 야수로부터 그것을 얻은 것이지, 인간성으로부터 얻은 것은 아니다.

우정의 중요한 효과는 모든 종류의 감정에 의해 야기된 마음속의 번민을 완화하고 배출하는 데 있다. 우리는 폐색(閉塞)과 질식의 병이 신체에 있어서는 가장 위험하다는 것을 알고 있으며, 정신에 있어서도 크게 다를 바가 없다. 간장을 트이게 하기 위해서는 사르사[1]를 쓰는 것이 좋고, 비장을 열기 위해서는 철제(鐵劑)를, 폐에는 유황화(硫黃華)를, 뇌를 위해서는 해리향(海狸香)을 쓰는 것이 좋다.

그러나 마음을 여는 처방은 진정한 친구 외에는 없다. 사람은 진정한 친구에게만 슬픔과 기쁨과 두려움과 희망과 의심과 충고, 그리고 마음을 무겁게 하는

---

1 시르사바리아 제의 약재. 열대 아메리카 산의 약초.

것은 무엇이든지 털어놓고 세속적인 고해(告解)라고나 할까, 고백을 할 수가 있는 것이다.

이러한 우정의 효용에 관해서 위대한 제왕이나 군주들이 얼마나 높이 평가하고 있는가를 살펴보면 이상하게 생각될 정도이다. 심지어 그들은 그들 자신의 안전과 높은 지위를 무릅쓰면서까지 우정을 지키는 일이 자주 있다.

군주는 자기의 신분과 신하의 신분 사이의 거리 때문에 이 우정의 과일을 따기 위해서는(다만 그들 자신이 열매를 거두기 위해서는) 누군가를 끌어올려서 동료처럼 거의 자기와 대등하게 하지만, 그렇게 하는 것이 불편할 때가 많다. 이러한 사람들에 대해서 현대어는 총신(寵臣), 또는 심복이라는 이름을 붙여 마치 은총이나 친교와 같이 생각된다.

그러나 로마의 명칭은 그것은 참된 효용과 원인을 나타내고 있다. 이것을 '근심을 함께하는 자'라고 부르고 있다. 그것은 관계를 밀접하게 하는 것이기 때문이다. 그리고 이것은 다만 약하고 감정적인 군주뿐만 아니라, 고래로 천하에 군림한 가장 현명하고 가장 신중한 군주도 역시 그러했다는 것을 우리들은 분명히 알고 있다. 그들은 때때로 신하를 가까이해서 보통 사람들 사이에서 주고받는 말을 사용함으로써 자기 스스로 그를 친구라고 부르고, 또 상대방도 그와 같이 부르도록 했던 것이다.

술라가 로마를 지배하고 있었을 때, 폼페이우스(위대한 폼페이우스라고 불림)를 높은 지위로 끌어올리자 그는 스스로 술라를 능가한다고 호언장담하였다.[1] 그가 술라의 계획에 반대하고 자기 친구에게 집정관의 자리를 주었을 때, 술라는 그것에 반대하고 비난하며 약간 분개해서 큰소리로 말하기 시작하자, 폼페이우스는 그를 돌아보면서 입을 닥치라고 명령하는 말을 하였다. 그러고는 "지는 해보다는 떠오르는 해를 숭배하는 사람이 더 많기 때문이다"라고 말하였다.

카이사르에 대해서 브루투스가 굉장한 세력을 갖게 되고, 카이사르는 그의 유서 가운데에 브루투스를 자기 조카 다음의 제2상속인으로 정할 정도였다. 그런데 바로 이 사람이야말로 카이사르의 죽음을 불러올 만큼의 세력을 지니고 있었던 것이다. 그는 카이사르가

---

[1] 루키우스 코르넬리우스 술라(B.C. 138~78)는 로마의 장군이며 정치가. 페리쿠스(지복자)라는 칭호를 붙이고 로마의 독재자가 되었다. 젊은 폼페이우스에게 호의를 보이고 그를 끌어올렸다. 구네이우스 폼페이 마그누스는 위대한 폼페이라 불리우고, 후에 줄리어스 시저 등과 제1차 3두정치를 하였으나, 후에 이집트로 도망가 거기서 살해되었다. 플루타르코스 《그리스 · 로마 영웅전》 〈폼페이편〉에 나온다.

여러 가지 불길한 전조, 특히 칼푸르니아(카이사르의 아내)의 꿈 때문에 원로원을 해산하려고 마음먹었을 때 부인이 더 좋은 꿈을 꿀 때까지 원로원을 해산하지 말 것을 희망한다는 말을 하면서 카이사르의 팔을 잡고 살며시 의자에서 일으켜 세웠다. 그래서 그가 받은 은총은 매우 컸던 것처럼 보였고, 안토니우스가 키케로의 《필리피쿠스》라는 책에서 그대로 인용하고 있는 편지에 의하면 브루투스를 마술사라고 부르고 있다.(키케로 〈필리피쿠스〉 13·11) 마치 그가 카이사르에게 마술을 건 것처럼 말이다. 아우구스투스는 아그리파[1]를(미천한 태생임에도 불구하고) 지나치게 높은 지위로 끌어올렸기 때문에 메세나스[2]에게 자기 딸 줄리아의 결혼에 관해서 의논하였을 때, 메세나스는 "폐하께서는 황녀를 아그리파와 결혼시키든지 그렇지 않으면 아그리파를 죽이든지 두 가지 길밖에 없으며 제3의 방법은 없습니다. 폐하께서는 아그리파를 너무나 강하게 만드셨습니다"라고 기탄없이 진언하였던 것이다.

---

1 마르쿠스 법프사니우스 아그리파(B.C. 62~A.D 12)는 로마의 장군이며 정치가.
2 로마의 정치가(B.C. 70~8)로 문학가 호라티우스, 베르길리우스, 아우구스투스 등과 친교를 맺었다. 인용은 〈디오 카시우스〉 54·6.

티베리우스의 경우는 세자누스[1]가 지나치게 높은 자리에 오름으로써 두 사람은 한 쌍의 친구라고 불리어졌으며 또 그렇게 간주되었다. 티베리우스는 세자누스에게 보낸 편지 가운데서, "이러한 일들을 우리들의 우정 때문에 나는 너에게 숨기지 않았노라"고 말하고 있다. 그리하여 원로원은 다 함께 두 사람 사이의 두터운 우정을 존경하며, 마치 여신에게 하는 것처럼 우정을 기리는 하나의 제단을 세웠다. 이와 흡사한, 또는 이것보다도 심한 일이 셉티미우스 세베루스와 플라우티아누스[2]와의 사이에도 있었다.

그는 그의 큰아들을 플라우티아누스의 딸과 결혼하도록 강요하였고, 또 가끔 플라우티아누스가 자기 큰아들에게 불손한 짓을 하더라도 그를 지지하였으며 나아가서는 원로원에 보내는 편지 가운데 다음과 같

---

[1] 로마의 정치가. 티베리우스 황제의 충신으로 황제의 자리를 노려 돌스스 시저를 독살하고, 겔마니쿠스 시저의 미망인 아그리피나를 추방시키려고 하였으나, 그가 죽은 후에 티베리우스에게 처형당했다. 〈디오 카시우스〉 58 · 6. 인용은 타키투스 〈연대기〉 4 · 40.

[2] 셉티미우스 세베루스는 로마 황제(재위 193~211)로 장남 카라칼라는 플라우티아누스의 딸과 결혼하였다. 플라우티아누스는 친위대장으로 세브루스 황제의 신임이 두터웠다. 그러나 후에 황제 부자의 암살을 꾀하다가 203년에 처형되었다. 인용은 〈디오 카시우스〉 75 · 15.

은 말까지 쓰고 있다——"나는 그를 매우 사랑하기 때문에 그가 나보다도 오래 살기를 바란다." 그런데 만일 이들 군주들이 트라야누스[1]나 아우렐리우스와 같은 사람이었다면, 이것은 풍부하고 선량한 성질에서 나온 것이라고 생각할 것이다. 그러나 이들은 모두 매우 현명하고 강인한, 그리고 준엄한 마음의 소유자이며 극단적으로 이기적인 인물들이었기 때문에 그들이 자기 자신들의 행복을(그것은 유한한 인간에게 일어날 수 있는 최대의 것임에도 불구하고) 반쪽으로밖에 보지 않았으며, 그것을 완전한 것으로 만들기 위해서는 친구를 가져야 한다고 생각한 것은 분명하다. 뿐만 아니라 그들은 처자나 조카를 거느린 군주들이었다. 그러나 이 모든 것도 우정의 위안을 제공해 줄 수는 없었던 것이다.

잊을 수 없는 것은 코미네우스[2]가 그의 최초의 군주인 용맹한 샤를 공에 관해서 말하고 있는 것이다. 즉 공은 누구에게도 자기의 비밀을 말하려고 하지 않았다고 한다. 그리고 가장 괴롭히는 비밀에 관해서는 특

---

1 로마의 황제(재위 98~117). 특히 107~114년 사이의 치세는 평화로웠다.
2 연대기 작가(1445~ 1509). 용맹한 샤를 공(1433~1477), 루이 11세(재위 1461~1483), 샤를 8세(재위 1483~1498) 등을 모셨다. 중세사의 고전인 《회상록》을 썼다.

히 그러했다고 한다.

 그것에 관해서 말하기를, "그러한 비밀주의는 만년(晩年)에 이르러 공의 이해력을 해치고 조금 감소시켰다"고 말하였다. 확실히 코미네우스는 만일 그러한 의사가 있었다면 그의 두번째 군주인 루이 11세에 대해서도 동일한 판단을 내릴 수 있었을 것이다. 그 역시 자신의 비밀을 말하지 않았던 것이다. 피타고라스의 비유는 막연하기는 하지만 진실이다. "마음속을 끓여 갉아먹지 말라(플루타르코스 〈자녀교육(도덕법)〉)"고 말하고 있다. 혹독한 말로 표현한다면 자기의 흉금을 털어놓을 만한 친구가 없는 사람들은 자기 자신의 마음을 잡아먹는 식인종이다.

 그러나 한 가지 놀랄 만한 것이 있다.(이것을 가지고 나는 우정의 첫째 효용으로 삼으려고 한다) 즉 자기 자신을 친구에게 전달하는 것은 두 가지 상반된 결과를 낳는다는 것이다.

 왜냐하면 그것은 기쁨을 두 배로 하며 슬픔을 반으로 하기 때문이다. 즉 누구든지 자기의 기쁨을 친구에게 전하면 그 기쁨이 더하게 되고, 또 자기의 슬픔을 친구에게 전하면 감소되기 때문이다. 그러므로 사람의 마음에 미치는 작용은 연금술사들이, 흔히 그 시금석(試金石)이 인간의 육체에 대해서 가지고 있다고 말한 것과 똑같은 효력을 가지고 있다. 즉 그것은 전적으로 상반된 효과를 나타내지만 항상 좋고 유익하다는 것이다.

그러나 연금술사들의 도움을 청하지 않더라도 일상의 자연적인 과정 속에는 이 관계를 분명히 나타내는 현상이 있다. 그것은 물질 현상에 있어서 결합이라는 것이 어떤 자연적인 활동을 강화하고 조장하지만, 한편으로는 어떤 격렬한 감명(感銘)을 약화시키기도 한다. 사람의 마음에 관해서도 이와 똑같이 말할 수 있다.

우정의 두번째 효용은, 그 첫째의 것이 감정을 건강하고 풍부하게 만들어 주는 것처럼, 오성(悟性)을 건강하게 해주어, 더 이상의 유익한 것이 없게 한다. 왜냐하면 우정은 감정 속에서 폭풍우로부터 맑은 날씨를 만들어 내지만 오성 속에서는 사고(思考)의 암흑과 혼란으로부터 백주의 빛을 만들어 냈기 때문이다.

이것은 사람이 그의 친구로부터 받아들이는 믿을 만한 충고에 대해서만 하는 이야기가 아니다. 그러나 거기에 이르기 전에 누구든지 마음속에 생각이 많은 사람은 다른 사람과의 서신교환과 담론에 의해 지적 능력과 이해력이 분명해지고 뚜렷해진다. 그는 자기 사상을 더 쉽게 전개하고, 더 질서 정연하게 만들고 말로 표현해 보고 어떤 사상인가를 알게 된다. 결국 그는 실제의 자기보다 더 현명해진다. 하루의 명상보다는 한 시간의 담론에 의해 그렇게 되는 것이다.

테미스토클레스[1]가 페르시아 왕에게 말한 다음과 같은 명언이 있다. "말이라고 하는 것은 아라스 천의 비단을 편 것과 흡사하여 펴놓으면 모양이 뚜렷하게 나타난다. 그러나 단지 생각만 있는 경우 포장되어 있는 것과 흡사하다." 이 우정의 두번째 효용은 지력을 개발한다는 점에서, 충고를 줄 수 있는 친구를 통해서만이 얻어지는 것이 아니라, 사실상 그러면 가장 바람직하지만 그러한 일이 없더라도 사람은 자기 자신을 알고 자기 자신의 생각을 분명히 표현하고, 자기의 지성을 그 자체는 끊어지지 않는 숫돌에다 가는 것과 흡사한 것이다.

요컨대 사람은 자기의 생각을 감춰 질식시키는 것보다는 조각이나 그림에다가라도 털어놓는 것이 더 나을 것이다.

---

[1] 아테네의 정치가이며 장군(B.C. 527~460). 그리스 해군을 창설했다. 기원전 471년에 수회죄(收賄罪)로 추방되어 페르시아의 아르타 크세르크세스왕에게 도망을 가, 거기서 지우(知遇)를 받았다. 인용은 플루타르코스 《그리스·로마 영웅전》 〈테미스토클레스편〉.

이제 우정의 둘째 효용을 완전한 것으로 하기 위해서 더욱 명백하고, 보통 사람도 쉽게 발견해 내는 다른 점을 부연하기로 한다. 그것은 친구로부터의 충실한 충고이다.

헤라클레이토스[1]는 그의 수수께끼 같은 말의 하나 가운데서, "건조한 빛이 언제나 가장 좋다"고 멋있게 말하였다. 확실히 사람은 남의 충고로부터 받는 빛은 한층 건조하고 순수하며, 자기 자신의 이해력과 판단력에서 오는 빛보다 월등하다. 그 자신의 이해력과 판단력에서 오는 빛은 항상 그의 감정과 습관에 젖어서 물들어 있는 것이다. 그러므로 친구가 주는 충고와 자기 자신에게 주는 충고와의 관계는 친구의 충고와 아첨꾼의 충고와의 차이와 흡사하다. 왜냐하면 세상에는 자기 자신에게처럼 아첨하는 사람은 없으며, 자기 자신의 아첨에 대한 처방으로는 친구의 솔직한 충고 이상의 묘약이 없다.

충고에는 두 가지 종류가 있다. 하나는 도덕에 관한

---

1 기원전 5~6세기경의 그리스 최초의 철학자. 우울한 인생관을 가지고 있었다. '건조한 빛'은 베이컨이 자주 인용하는 말로 헤라클레이토스의 말을 약간 바꾼 것으로 원래는 "건조한 영혼은 가장 현명하고 최선"이라고 되어 있다. '건조한 빛'이란 편견에 괴로움을 받지 않는 이성을 가리킨다.

것이며, 다른 하나는 세상일에 관한 것이다. 첫째 것에 관해서 말하면 마음을 건전한 상태로 유지하기 위한 가장 좋은 예방약은 친구의 성실한 권고이다. 자기 자신을 엄격하게 견책하는 것은 약이 되기는 하지만 때로는 지나치게 자극이 심하며, 쉽게 부식(腐蝕)한다. 좋은 도덕서를 읽는 것은 맥빠지고 지루하다. 자기의 과오를 타인 속에서 관찰하는 것은 때로는 자신에게는 부적당할 수도 있다. 그러나 가장 좋은 처방은 "효능에 있어서나 복용(服用)에 있어서나 나는 이것이 최선이라고 생각한다"라는 친구의 권고이다.

많은 사람들(특히 높은 사람들)의 경우 그것을 가르쳐 주는 친구가 없는 탓으로 큰 과오와 극단적으로 어이없는 짓을 저질러, 그들의 명예와 운명에 큰 손상을 입는가를 보면 이상할 정도이다. 성 야고보가 말한 것처럼 그러한 사람들은 "가끔 거울을 들여다보지만 곧 자기의 모습과 얼굴을 잊어버리고 마는(《야고보의 편지》 1·23~24)" 사람들과 비슷하다.

세상일에 관해서 말하면, 사람이 만일 하고자 한다면 두 개의 눈은 하나의 눈보다 더 잘 보이지 않는다고 생각해도 좋다. 혹은 경기를 하고 있는 사람은 구경꾼들보다 항상 잘 보인다든가, 성난 사람이 알파벳의 24자를 되풀이해서 외는 침착한 사람보다 현명하다든가, 총은 팔로 받치고 쏘아도 받침대 위에 올려놓고 쏘는 것처럼 잘 쏠 수 있다든가 또는 그와 같은 바보스럽고 엄청난 상상을 하며, 자기 자신을 가장 훌륭하다고 생각해도 좋다. 좋은 충고의 도움은 업무를 올바른 방향으로 이끈다. 그리고 만일 이 충고를 받기는 하지만, 한 가지 업무에 대해서는 어떤 한 사람의 충고를, 다른 일에 대해서는 어떤 다른 사람의 충고를 받는 식으로 나누어서 충고를 받는 것도 좋은 일이다.(말하자면 전혀 충고를 받지 않는 것보다는 낫다)

그러나 그러한 사람은 두 가지의 위험을 범하게 된다. 하나는 성실한 충고를 받을 수 없을 것이라는 것이다. 왜냐하면 완전하고 정직한 친구로부터 받는 충고를 제외하고는 충고하는 사람이 가지고 있는 어떤 목적에 맞도록 왜곡해서 충고를 하는 일이 가끔 있기 때문이다. 또 하나의 충고는, 충고를 준다고 하더라도(비록 선의에서 한 것이라도) 해롭고 불완전하며, 이해(利害)가 상반되는 충고이다. 그것은 마치 당신의 병을 잘 치료한다고는 생각하지만, 당신의 체질에 대해선 잘 모르는 의사를 부르는 것과 흡사하다.

그는 당신을 당장은 치료할지 모르나 다른 점에서는 당신의 건강을 해치게 되고 치료는 하지만 환자는 죽이게 될지도 모른다. 그러나 자기의 사정을 전적으로 알고 있는 친구는 지금 당장의 일을 추진함으로써 다른 불편에 부딪치지 않을까 조심할 것이다. 이것저것 다른 사람의 충고에 의존해서는 안 된다. 그들은 일을 정돈하고 지시하기보다는 도리어 교란하고 잘못된 방향으로 이끌어 갈 것이다.

이상과 같은 우정의 두 가지 고귀한 효용(감정의 평화와 판단력의 도움) 다음에 마지막 효용이 또 뒤따른다. 그것은 석류처럼 많은 씨로 가득 차 있다. 즉 모든 행동과 여러 가지 경우에 있어서의 도움과 참여를 의미하는 것이다.

우정의 다방면의 효율을 뚜렷이 나타내는 최선의 방법은 세상에는 자기 혼자서는 할 수 없는 일이 얼마나 많은가를 헤아려 보는 것이다. 그러면 친구란 또 한 사람의 자기 자신이다, 라고 말한 것이 오히려 옛 사람들의 인색한 말이라는 것을 알게 될 것이다. 왜냐하면 친구라는 것은 자기 이상의 것이기 때문이다.

사람의 생명은 한정되어 있어서 자녀의 결혼이라든가 사업의 완성 등 마음먹은 바를 바라면서도 죽는 수가 많다. 만일 진정한 친구가 있다면 자기가 죽은 다음에도 그러한 일이 계속될 것이라는 것은 확실히 기대할 수가 있을 것이다.

그러므로 사람은 자기의 희망에 있어서는 두 개의

생명을 가지고 있는 것과 다를 바가 없는 것이다. 사람은 하나의 육체를 가지고 있으며, 그 육체는 오직 하나의 장소에 한정되어 있다. 그러나 우정이 있는 곳에서 인생의 모든 용무는 그와 그의 대리자에게 그것이 나누어 허용되는 것이다. 왜냐하면 그 용무를 친구가 맡아 줄 수 있기 때문이다. 세상에는 얼굴이나 체면만 가지고 스스로 말하고 행동할 수 없는 일이 얼마나 많은가?

사람은 겸허(謙虛)의 덕을 가지고서는 자기의 공적을 거의 주장할 수가 없다. 하물며 그것을 찬양하는 것은 더욱 불가능하다. 사람은 때때로 간청하거나 구걸하는 일을 차마 할 수 없는 경우도 있으며, 또 그와 흡사한 일이 많이 있다. 그러나 이러한 모든 일은 자신의 입으로 말하면 얼굴이 붉어질 일이지만 친구의 입을 통하면 점잖은 일이 된다. 그리고 또 개인에게는 여러 가지 특정 관계가 있기 때문에 함부로 이를 무시할 수가 없는 것이다.

어떤 사람이 자식에게 말할 때에는 아버지로서 말할 수밖에 없으며, 아내에게 말할 때에는 남편으로서 말할 수밖에 없으며, 적에게는 조건부로 말하지 않을 수 없다. 그러나 친구에게는 경우에 따라서 필요한 말을 할 수가 있다. 반드시 그 사람의 신분에 맞출 필요는 없다. 이러한 일은 헤아리자면 끝이 없다.

  나는 이미, 사람은 스스로 적당하게 자기 자신의 역할을 수행할 수 없는 경우의 규칙을 제기한 바 있다. 만일 이러한 경우 친구가 없다면 무대를 떠나는 것이 좋을 것이다.

건강 관리에 관하여

건강법에는 의학의 법칙을 초월한 한 가지 지혜가 있다. 즉 그것은 자기 자신에 대한 관찰이며, 무엇이 좋고 무엇이 해로운가를 아는 것이 건강 유지를 위한 최선의 의술이다. 그러나 "이것은 나의 몸에 잘 맞지 않기 때문에 중지해야겠다"고 말하는 것이 "이것은 해가 되지 않기 때문에 써도 괜찮을 것이다"라고 말하는 것보다 더욱 안전하다. "왜냐하면 청년에게 있는 본성의 힘은 많은 무절제를 저지르게 하고 그것은 나이 들 때까지 인간에게서 떠나지 않기 때문이다."

세월의 흐름을 깨달아서 언제까지나 같은 일을 하려고 하지 마라. 그것은 나이를 무시할 수 없기 때문이다. 식생활에서의 갑작스런 변화를 경계하라. 그것이 불가피하다면 다른 습관을 그것과 조화시키도록 하라. 왜냐하면 한 가지만을 변화시키는 것보다는 많은 것을 한꺼번에 변화시키는 것이 보다 안전하다. 이것은 자연에 있어서나 국가에 있어서나, 다 같은 비결이기 때문이다.

당신들의 식사, 수면, 운동, 의복 등에 관한 자기 습관을 검토해 보고 무엇이든 자기에게 해로운 것이라고 생각되는 점이 있으면 조금씩 그것을 고치도록 시도해 보라. 그러나 변화에 의해서 어떤 불편이 발견된다면 다시 되돌아가도록 하라. 왜냐하면 일반적으로 좋고 건강에 도움이 된다고 생각되는 것과 특정한 경우에만 좋고 자기 몸에 맞는다는 것은 구별하기 어려운 일이기 때문이다.

식사나 수면이나 운동 시간에 마음이 자유롭고 기분이 유쾌하다는 것은 장수를 위한 가장 좋은 비결이다. 감정에 관해서 말하면 질투, 불안한 공포, 속을 태우는 분노, 미묘하고 곤란한 천착(穿鑿), 지나친 기쁨과 즐거움, 남모르는 슬픔 따위를 피하라. 품어야 할 것으로는 희망, 지나친 기쁨보다는 명랑한 기분, 과도한 즐거움보다는 변화 있는 즐거움을, 경이와 감탄, 신기한 것, 그리고 연구 대상으로서는 마음을 가다듬을 수 있고 진기한 대상물로 충만시키는 역사 이야기, 자연의 관찰과 같은 것들이 있다.

만일 당신이 건강할 때에 의술을 완전히 멀리한다

면, 그것을 필요로 할 때에 당신의 신체는 너무나 소원(疏遠)해질 것이다. 그러나 만일 당신이 그것을 지나치게 친근히 한다면 병에 걸렸을 때에는 특별한 효과를 나타내지 못할 것이다.

나는 습관이 된 경우를 제외하고는 의술을 사용하는 것보다는 계절에 알맞은 어떤 식사를 할 것을 권하고 싶다. 왜냐하면 그러한 식사는 체질 개선에 매우 좋고 부작용이 비교적 적기 때문이다. 자기의 신체 속에 일어난 새로운 징후를 가볍게 여기지 말고 의사의 의견을 묻도록 하라.

질병에 걸렸을 때에는 건강에 주로 유의하고 건강할 때에는 운동을 주로 하라. 왜냐하면 건강할 때에 신체의 저항력을 단련해 두는 사람은, 대개 병이 심하지 않다면 음식과 간호만으로도 나을 것이기 때문이다.

켈수스[1]는, 사람은 변덕이 심해서 상반되는 것을 번갈아 하는데 비교적 안락한 데로 더 기울어진다고 하였다. 즉 단식과 포식을 할 때에는 포식 쪽으로 기울어지고, 불면과 수면을 할 때에는 수면 쪽으로, 앉아

---

1 아우루스 코르넬리우스 켈수스(B.C. 30~A.D. 45)는 로마의 저작가. 농업, 의학, 법률, 철학 등에 관해서 기술하였으나 현존하는 것은 8권의 《의학론》뿐이다.

서 쉬는 일과 운동을 할 때는 운동하는 쪽으로 더 기울어져 택한다고 하였다. 그와 같이 해서 육체가 애호되고, 또 저항력이 주어지는 것을 건강과 장수의 중요한 원칙의 하나로 들고 있는데, 이는 단순한 의사로서는 결코 말할 수 없는 것이며, 그가 동시에 현명한 사람이었기 때문에 말할 수 있다.

의사들 가운데는 환자의 기분을 맞추기 위하여 환자를 즐겁게 하고 부드럽게 대함으로써 질병에 대한 참된 치료는 등한히 하는 사람이 있으며, 어떤 의사는 병에 대해서 너무나 꼼꼼해서 의술이 지시하는 대로만 곧이곧대로 하여 환자의 기분이나 상태에 대해서는 충분히 주의를 기울이지 않는다. 이 양 극단의 중용(中庸)을 얻은 의사를 선택하는 것이 좋다.

만일 한 사람 가운데 그러한 것을 발견하지 못한다면 양쪽 종류에서 두 사람을 쓰는 것이 좋다. 그리고 의술에 있어서 가장 이름난 사람인 동시에 당신의 신체를 가장 잘 알고 있는 사람을 불러오는 것을 잊어서는 안 된다.

담화에 관하여

 어떤 사람들은 그들이 담화에서 진심을 판별할 수 있는 판단력을 가지고 있다고 칭찬받는 것보다는, 오히려 모든 의논을 할 수 있는 재치가 있다고 칭찬받기를 원하고 있다.
 예를 들어 무엇을 생각해야 하는가보다는 무엇을 말해야 하는가를 알고 있는 것이 칭찬받는 것과 같다. 사람들 가운데는 어떤 상투적인 화제를 가지고 있어, 그러한 화제에는 솜씨가 있지만 다른 점에 있어서는 전혀 변화가 없는 사람이 있다. 그러한 빈곤은 대개의 경우 지루한 느낌을 주게 되고, 그리고 일단 그것이 간파되었을 때에는 가소로운 것이다.
 담화에서 가장 훌륭한 부분은 말할 기회를 제공해 주고 이야기를 조절해서 다른 화제로 넘기는 데에 있다. 왜냐하면 그렇게 하면 그 사람이 이야기를 리드

하게 되기 때문이다.

담화와 회화에 있어서는 당면 문제를 의논하고 우화를 말하되 합리성이 있고, 질문을 말하되 의견을 개진(開陳)하면서, 농담을 하되 진담을 섞어 가면서 변화 있게 하는 것이 좋다. 왜냐하면 사람을 지치게 하고 지나치게 오래 끄는 것은 싫증나게 하는 일이기 때문이다.

농담에 있어서 제외하지 않으면 안 되는 몇 가지가 있다. 즉 종교, 국가의 여러 가지 문제, 높은 지위에 있는 인물, 누군가 현재 부닥친 중요한 문제, 그리고 동정해야 할 문제 등이다. 그러나 어떤 사람들은 다부지고 신랄한 말을 하지 않으면 자기들의 재치를 잠재우고 있는 것처럼 생각한다. 그것은 억제해야 할 버릇이다.

소년이여, 박차를 삼가하라.
그리고 말고삐를 힘차게 당겨라(오비디우스 〈변신(變身)이야기〉 2 · 127)

그리고 일반적으로 사람들은 짠맛과 쓴맛을 구별해야 한다. 확실히 풍자적인 기질이 있는 사람은 타인으로 하여금 자기의 기지를 두려워하게 하는 동작에 자기도 타인이 기억하고 있다는 것을 두려워할 필요가 있다. 많은 것을 질문하는 사람은 많은 것을 배우게 될 것이며, 또한 많은 사람들을 만족시킬 것이다. 다만 자기가 질문받을 사람의 능력에 적합한 질문을 하였을 경우이다.

왜냐하면 그는 응답자에게 말을 하게 함으로써 만족을 느끼는 기회를 주는 동시에, 자기 역시 끊임없이 지식을 얻기 때문이다. 그러나 그 질문이 성가신 것이어서는 안 된다. 왜냐하면 그런 질문은 시험관에게 적합한 것이기 때문이다. 그리고 다른 사람들에게도 말할 기회를 주도록 해야 한다. 아니 나아가서는 만일 누군가가 좌중을 지배하여 모든 시간을 독점하려는 사람이 있다면 그런 사람을 물리치고, 다른 사람을 끌어들이도록 해야 한다. 마치 악사(樂士)들이 너무나 오랫동안 갈리아르 춤[1]을 추는 사람들을 제지하는 것처럼. 만일 가끔 남들은 당신이 알고 있다고 생각하는 일을 전혀 모르는 체한다면, 다른 경우에는 당신이 진짜 모르는 것까지도 알고 있다고 생각하게 될 것이다.

자기 자신에 관한 이야기는 적게 해야 하며, 잘 선

---

[1] 경쾌한 3박자의 둘이서 추는 춤으로 16세기에 프랑스에서 영국으로 전파되었다.

택해서 해야 한다. 내가 알고 있는 어떤 사람은, "저 사람은 자기 이야기만을 하는 것을 보니 틀림없이 현명한 사람일 것이다"라고 경멸하는 투로 말하는 것이었다. 자기 칭찬을 할 때 남이 싫어하는 빛을 보이지 않는 것은 오직 한 가지 경우뿐이다. 그것은 다른 사람의 미덕을 칭찬하는 것이며, 특히 그것을 자기 자신도 지니고 있다고 생각되는 미덕인 경우이다.

타인과 관계가 있는 이야기는 가급적 피하는 것이 좋다. 왜냐하면 담화는 들판과 같은 것이어서 누구의 집과도 관계없이 거닐 수 있는 것이어야 하기 때문이다.

영국의 서부에 내가 알고 있는 두 사람의 귀족이 있었다. 한 사람은 남을 조소하는 버릇이 있었는데, 그는 자주 집으로 사람들을 초대해서 환대하였다. 다른 한 사람의 귀족은 거기에 초대받은 손님들에게 다음과 같은 질문을 하는 것이었다. "사실대로 말해 주시오. 모욕이나 조롱을 당한 일은 없었는지?" 이에 대해서 손님들은 "이러이러한 일이 있습니다"라고 대답했다. 그러자 그 귀족은 "나는 그 사람이 좋은 음식을 망쳐 놓을 것이라고 생각하였소"라고 말했다.

분별 있는 담화는 웅변 이상의 것이다. 그리고 우리가 상대방의 마음에 들도록 말을 하는 것으로 달콤한 말이나 조리 있게 말하는 것보다 낫다. 좋은 이야기를 오래 계속해도 좋은 대화를 만들지 못하면 자기의 둔감함을 보여 주는 것이다. 그리고 좋은 대답을 하거나 맞장구를 치더라도 이야기가 잘 정돈되어 있지 않으면 자기의 천박함과 박약함을 드러내게 된다.

마치 우리들이 짐승들에게서 보는 것처럼, 즉 달리는 데는 가장 약한 것들이 방향을 바꾸는 데 있어서는 가장 재빠른, 그레이하운드 사냥개와 토끼와의 관계와 흡사하다.

문제의 요점에 달하기 전에 여러 가지를 장황하게 늘어놓는 것은 지루한 일이지만 전혀 늘어놓지 않는 것도 퉁명스러운 일이다.

청년과 노년에 관하여

 어떤 사람이 만일 시간을 낭비하지 않았다면 나이는 젊어도 시간적으로는 늙을 수도 있다. 그러나 그러한 일은 좀처럼 일어나지 않는다.

 일반적으로 청년은 최초의 사려(思慮)와 같은 것이며, 두번째의 사려만큼 현명하지는 못하다. 왜냐하면 사고도 연령과 마찬가지로 청년기가 있기 때문이다. 그러나 젊은 사람의 발상력(發想力)은 노인의 경우보다도 훨씬 활기에 차 있으며, 상상력은 그들의 마음속에 더 잘 흘러들어가, 더욱 신묘하다. 뜨겁고 크고 격렬한 욕망과 동요를 지니고 있는 인물은 중년기를 지난 다음에야 비로소 활동에 적합하도록 성숙한다.

 예를 들면 카이사르와 세베루스에게서 볼 수 있다. 이들 중 후자에 관해서는, 그는 과실(過失), 아니 광기(狂氣)에 찬 청년기를 보냈다고 전해지고 있으나 그는 역대의 황제 가운데서 가장 유능한 황제였다. 그러나 침착한 성격을 가진 사람은 청년 시절에도 곧잘 해나간다. 그 예로는 아우구스투스 시저, 플로렌스의 공(公) 코스무스, 가스통 드 포아[1] 등이 그러했다. 한편 노년에 있어서의 열정과 활력은 실무를 위해서는 훌륭한 기상이다. "젊은 사람은 판단하는 것보다는 발명하는 편이 더 적합하며, 상담하는 것보다는 실행에 더 적합하며, 또 자리 잡힌 일보다는 새로운 기획에 더 적합하다. 왜냐하면 노인의 경험은 그것이 미칠 수 있는 범위 내의 사물에 대해서는 지침을 주지만, 새로운 것에 있어서는 그들을 당혹하게 하기 때문이다.

젊은 사람들의 과실은 사업을 망치게 한다. 그러나 노인들의 과실은 더 많이, 또는 빨리 할 수 있었을 텐데 그렇지 못했다는 정도이다.

젊은 사람은 일을 처리함에 있어서 그들이 감당할 수 있는 이상의 것을 맡으려고 하며, 진정시킬 수 없을 정도로 일을 흔들어 놓으며, 수단과 순서를 생각하지 않고 목표를 향해서 달려가 맹목적으로 우연히 부딪치는 원리를 추구한다. 혁신을 하는 데 주저하지 않

---

[1] 네무르 공(1489~1512), '이탈리아의 우레'라 일컬어졌다. 루이 12세의 조카로 군인. 민속한 작전 행동으로 유명했으나, 라벤나에서 전사.

으며, 그 때문에 예상치 않았던 불편을 초래한다. 처음부터 극단적인 대책을 사용하며 마치 거센 말이 멈추지도 않고 돌아서지도 않는 것처럼 과실을 인정하지도 않으며, 취소하려고도 않는다. 이것은 모든 과실을 배가하는 것이다. 늙은 사람들은 지나치게 많은 이의를 제기하고, 지나치게 상담이 길며, 지나치게 모험이 적으며, 너무 빨리 후회하고, 일을 끝까지 밀고 나가는 경우가 드물며 대개는 성공의 중도에서 만족한다.

따라서 양자를 병용하는 것이 좋은 일이다. 그렇게 하면 현재를 위해서도 좋을 것이다. 그것은 양자의 장점이 양자의 결점을 상대할 수가 있기 때문이다. 그리고 장래를 위해서도 좋다. 젊은 사람들은 배우는 자가 될 것이고, 늙은 사람은 활동하는 자가 될 것이다. 그리고 마지막으로 대외적인 일을 위해서는 좋다. 왜냐하면 권위는 늙은 사람에게 따르고, 호의와 인기는 젊은 사람에게 따르기 때문이다.

그리고 도덕적인 면에서는 젊은이들이 탁월하며 정치적인 면에서는 늙은이들이 탁월할 것이다. "젊은이는 환상을 볼 것이며, 늙은이는 꿈을 꿀 것이다"라는 성경의 구절에 대해서 어떤 유태의 율법학자[1]는 환상은 꿈보다도 분명한 계시이기 때문에 젊은이들은 늙은이들보다도 신에게 더 가깝게 오도록 허락되어 있다고 해석하고 있다. 그리고 확실히 사람은 속세라는 술을 마시면 마실수록 더 많이 그것에 취하는 것이다. 그리고 늙은이는 의지와 감정의 힘보다는 이해력에 있어서 더 유리하다. 세상에는 나이에 비해서 조숙해서 이내 시들어 버리는 사람들이 있다.

이들은 첫째로, 취약한 재치를 지닌 사람으로서 그 날이 곧 무뎌져 버리는 자이다. 예를 들면 수사학자(修辭學者) 헤르모게네스[2]와 같은 자이다. 그의 저서는 극히 정묘한 것이지만 후에는 우둔한 것으로 되어 버렸다.

둘째로는, 노년에서보다는 젊었을 때 더욱 훌륭한 점이 많은 천성을 지닌 사람들이 있다. 예를 들면 유창한 능변(能辯)은 젊은이에게는 적합하지만 늙은 사람에게는 적합하지 않다. 그래서 키케로는 호르텐시우

---

1 포르투갈의 유태인 아브라바아넬(1437~1508)을 말한다. 성서 주석 및 종교철학에 관한 서술이 있다.
2 2세기경의 그리스의 수사학자. 로마에서 가르쳤으며, 영향력이 매우 컸다. 어린 시절부터 재능을 발휘했으나 25세 무렵부터는 갑자기 우둔해졌다고 한다.

스[1]에 대해서, "그는 항상 변함이 없었는데, 그것은 이미 어울리지 않은 것이다(키케로 〈브루투스〉 95)"라고 말하고 있다.

셋째로는, 처음에는 굉장히 노력하다가 그 위대함이 세월의 흐름을 감당할 수 없는 그러한 자이다. 스키피오 아프리카누스[2]가 그런 사람으로 그에 관해서 리비는, "그의 만년의 활동은 초년과 같지 않았다(오비디우스 〈헤로이데스〉 9·23~24)"고 말하였다.

---

1 로마의 법률가이며, 변론가이다(B.C. 1145~1150).
2 로마의 장군(B.C. 236~184)으로 젊었을 때 아프리카에서 한니발을 격파하였다고 해서, 아프리카누스라고 불렸다. 후에 뇌물을 받은 혐의로 실각되었다.

미에 관하여

 덕성은 훌륭한 보석과 같은 것이어서 간소하게 차리는 것이 가장 좋다. 확실히 덕성은 섬세한 용모는 아니라 할지라도 아름다운 육체에 깃들인 경우가 가장 좋다. 그리고 자태의 아름다움보다는 품위 있는 태도가 가장 좋다. 매우 아름다운 사람이 다른 면에서 뛰어난 덕성을 가지고 있다는 것은 거의 없는 일이다.
 자연은 탁월성을 만들어 내기에 힘쓰기보다는 과오을 범하지 않도록 하기 위해서 여가가 없는 것처럼 보인다. 그러므로 그들은 재능은 있지만 고매(高邁)한 정신은 지니고 있지 않으며, 그리고 덕성보다는 동작을 더 연구한다.
 그러나 항상 그런 것은 아니다. 왜냐하면 아우구스투스 시저, 티투스 베시파니아누스, 프랑스의 필립르

벨,[1] 영국의 에드워드 4세, 아테네의 알키비아데스, 페르시아의 소피스 왕조의 이스마엘[2] 등은 모두 고매하고 위대한 정신의 소유자들이었다. 게다가 당시 가장 아름다운 사람들이었다. 아름답다는 점에서는 피부색보다는 얼굴 생김새가 더 낫고, 잘생긴 얼굴보다는 품위 있고 우아한 동작이 더 낫다. 그것은 미의 가장 핵심 부분이며, 그림으로 표현할 수는 절대 없다. 그리고 살아 있는 실물은 첫눈에 봐서는 모른다.

뛰어난 아름다움은 비율에 있어서 약간 이상하지 않는 것이 없다. 아펠레스[3]와 뒤러는 어느 쪽이 더 시시한 일을 했는지 말할 수가 없다. 후자는 기하학적 비례에 의해서 인물을 그리려고 하였으며, 전자는 여러 개의 얼굴에서 가장 아름다운 부분을 취해서 하나의 뛰어난 얼굴을 만들려고 하였다. 그러한 얼굴은 그것을 그린 화가 이외에는 아무도 즐겁게 하지 못할 것이라고 나는 생각한다.

나는 화가가 실제보다 더 아름다운 얼굴을 그려서

---

1 프랑스의 군주제를 발전시킨 필리프 4세(재위 1285~1314)를 말한다.
2 소피스 왕조의 창시자(1487~1524).
3 기원전 4세기경의 그리스의 화가. 실은 베이컨이 기원전 5세기경의 그리스 화가인 즈크시스를 착각한 것 같다.

는 안 된다는 의미가 아니라(마치 뛰어난 음악가가 작곡을 하는 것처럼) 일종의 천부의 재능에 의해서 그려야지 규칙을 가지고 그려서는 안 된다는 것이다. 우리는 얼굴을 하나하나 뜯어 보면 아름답지 않으나 전체로서 보면 훌륭하게 보이는 얼굴이 있다. 미의 주요한 부분이 품위 있는 동작에 있다는 것이 사실이라면, 나이 든 사람이 몇 배나 아름답게 보인다는 것도 사실이다.

"미인의 가을은 아름답다"는 말이 있다. 그것은 젊은이가 아름다운 것은 대범하게 봐서 그런 것이다. 그리고 젊음이 아름다움을 만들어 낸다고 생각한다. 미에는 여름철의 과일과 같은 데가 있다. 그것은 썩기 쉽고 오래 가지 않는다. 그리고 대개의 경우 청년 시절을 방탕하게 보내며 노년에는 약간 우울한 생각을 갖게 한다. 그러나 만약에 미와 가치 있는 사람이 결합하게 되는 경우, 확실히 그것은 덕성을 빛나게 하며 악덕을 부끄럽게 할 것이다.

추종자와 친구에 관하여

비용이 많이 드는 추종자는 좋은 것이 못 된다. 사람들이 많아 그 꼬리가 길어지면 반면에 그의 날개를 짧게 하기 때문이다. 나는 돈지갑에 부담을 주는 사람들만이 비용이 많이 든다고 말하는 것이 아니라, 귀찮게 부탁하고 조르는 자들까지를 말하는 것이다. 보통의 추종자는, 비호(庇護), 추천, 피해로부터의 보호 이상의 높은 조건을 요구해서는 안 된다. 당파적인 추종자는 더욱 좋은 것이 못 된다. 그들은 자기들이 섬기는 사람에 대한 애정 때문에 그에게 추종하는 것이 아니라, 어떤 다른 사람에 대한 반감 때문에 이에 추종하는 것이다. 그 결과 위대한 인물 사이에서 자주 보이는 오해가 일어나는 것이다.

마찬가지로 자기가 섬기는 사람을 찬양하는 나팔을 부는 추종자도 불편할 때가 많다. 왜냐하면 그들은 비밀은 지키지 않아 일을 그릇되게 만들기 때문이다. 그리고 그들은 어떤 사람의 명성을 외부로 내보내지만 그 대신에 질투라는 것을 그 사람에게 돌아오게 한다. 뿐만 아니라 다른 종류의 위대한 추종자가 있는데, 그것은 바로 간첩이다. 그들은 주인 집의 비밀을 염탐해서 그것을 다른 사람에게 이야기한다. 그런데 이와 같은 사람들이 총애를 받는 일이 많다. 왜냐하면 그들은 부지런하며, 보통 이쪽을 염탐하는 대신에 저쪽의 비밀도 말해 주기 때문이다.

어떤 지위에 있는 사람이 자기와 같은 직업을 누리고 있는 높은 사람에게 추종하는 것은(예를 들면 전쟁을 수행하는 상관을 추종하는 병사들이 있는 것처럼) 그것이 지나치게 어마어마하지 않거나 인기를 얻으려고 하지 않는 경우에는 온당한 일이며, 군주국에 있어서도 괜찮은 일이라고 생각되어 왔다. 그러나 가장 훌륭한 추종은, 여러 사람들 속에서 덕성과 가치를 지닌 인물을 간파하고 발탁할 줄 아는 사람을 추종하는 것이다.

그러나 그 능력에 있어서 현저한 차이가 없는 경우에는 비교적 유능한 사람보다는 차라리 비교적 융통성이 있는 사람을 채용하는 것이 더 좋다. 그리고 털어놓고 말하면, 이러한 좋지 못한 시대에는 활동적인 인물이 덕망이 높은 사람보다 더 쓸모가 있는 것이다.

정치에 있어서는, 같은 지위에 있는 사람은 똑같이 임용하는 것이 좋다는 것은 사실이다. 왜냐하면 어떤 사람을 특별히 우대하는 것은 그들로 하여금 오만하게 하며, 다른 사람들은 불평을 하기 때문이며, 그들도 자기의 당면한 권리를 주장할 것이기 때문이다. 그러나 은전(恩典)에 있어서는, 이와는 반대로 사람을 쓰는데 많은 차별과 선택을 하는 것이 좋다. 왜냐하면 그렇게 하면 발탁된 사람은 더욱 감격할 것이며, 나머지 사람들도 열심히 일하게 되기 때문이다.

 한 사람에 의해서 조종되는 것은 안전한 것이 못 된다. 왜냐하면 그것은 성격의 우유부단함을 보여 주는 것이며, 추문(醜聞)과 악평을 자아내기 쉽기 때문이다. 어떤 사람을 직접적으로 비난하거나, 또 나쁘게 말하려고 하지 않는 사람들까지도 그들에 대해서 세력을 가지고 있는 사람들에 관한 것을 대담하게 말하게 되며, 따라서 그 명예를 손상케 하기 때문이다.

 그렇다고 해서 많은 사람들이 어찌할 바를 모르게 하는 것은 더욱 나쁘다. 왜냐하면 그것은 사람으로 하여금 마지막 인상에 의해서 움직이는 변화하기 쉬운 인간으로 만들어 버리기 때문이다.

 소수의 친구들에게 충고를 듣는 것은 언제나 훌륭한 일이다. 왜냐하면 관전자(觀戰者)는 대국자(對局者)보다도 더 많은 것을 보는 일이 많으며, 그리고 골짜기가 언덕을 더 뚜렷하게 보여 주기 때문이다. 세상에는 찬양할 만한 우정은 드물다. 특히 동등한 신분 사이에는 그렇다. 이러한 우정은 서로의 운명이 얽혀 있는 사람과 아랫사람 사이에 존재한다.

학문에 관하여

학문은 즐거움과 장식(裝飾)과 능력을 위해서 도움이 된다. 즐거움을 위한 효용은 주로 사적 생활과 자기만의 생활에서 나타나며, 장식은 담화(談話)에서 나타난다. 또한 능력은 사물에 관한 판단과 처리에서 나타난다. 왜냐하면 능숙한 사람은 일을 하나하나 처리하며, 아마 특수한 것까지도 판단할 수 있기 때문이다. 그러나 일반적인 충고라든가 일의 계획과 정리는 학문한 사람으로부터 나온 것이 가장 좋다.

학문하는 데 지나치게 많은 시간을 소비하는 것은 게으름이다. 그것을 지나치게 많이 장식하는 데 사용하는 것은 허식(虛飾)이다. 전적으로 학문의 규칙만으로 판단을 내리는 것은 학자의 기질이다. 학문은 천성을 완성하며, 경험에 의해서 학문은 완성된다. 왜냐하면 천성의 능력은 자연적인 식물과 같은 것이어서 학문에 의한 전지(剪枝)를 필요로 하기 때문이다. 그리고 학문은 경험에 의해서 한정되는, 너무나 막연한 지시를 주는 데 지나지 않는다.

실제적인 사람은 학문을 멸시하고, 단순한 사람은 학문을 숭배하며, 슬기로운 사람은 학문을 이용한다. 왜냐하면 그 자신의 사용법을 가르쳐 주지 않기 때문이다. 그것은 학문 밖의, 그리고 학문을 초월한 관찰을 통해서 얻어진 지혜이다.

독서는 반대하거나 논박(論駁)하기 위한 것이어서는 안 된다. 믿기 위해서나 동의(同意)하기 위해서도 아니며, 또 이야기와 논설을 찾아내기 위해서도 아니다. 다만 경중(輕重)을 가리고 고찰하기 위해서 독서하라. 어떤 책은 음미해야 하며, 어떤 책은 삼켜야 하며, 약간의 책은 잘 씹어서 소화시켜야 한다. 즉 어떤 책은 일부분만 읽으면 되고, 어떤 책은 읽되 주의 깊게 읽지 않아도 된다. 그리고 몇몇 책은 다 읽되 부지런히 주의 깊게 읽어야 한다.

또한 어떤 책은 대리(代理)로 읽게 할 수도 있고, 다른 사람에 의해서 만들어진 발췌문을 읽어도 좋다. 그러나 그것은 다만 중요하지 않은 내용과 비속한 종류의 책인 경우일 때다. 그렇지 않고 증발(蒸發)해 버릴 책은 마치 보통의 증류수처럼 맛이 없다.

독서는 충실한 인간을 만든다. 담론은 민첩한 인간을 만들며, 저술은 정밀한 인간을 만든다. 그러므로 만일 저술을 적게 한다면 그는 좋은 기억력을 가질 필요가 있다. 만일 담론하는 일이 적다면 그는 임기응변의 위트를 가질 필요가 있다. 그리고 만일 독서를 적게 한다면 그는 그가 모르는 것도 알고 있는 것처럼 보이게 하는 많은 요령이 필요하다.

 역사는 사람을 슬기롭게 만들며, 시가(詩歌)는 사람을 재치 있게 하며, 수학은 사람을 정밀하게 하며, 자연과학은 사람을 심원(深遠)하게 하며, 윤리학은 사람을 중후하게 하며, 논리학과 수사학은 논쟁에 능하게 한다.

 "학문은 인격 속으로 옮아간다(오비디우스 〈헤로이데스〉 15·83)." 사실 마음속에 있는 어떠한 장애라 할지라도, 적당한 학문에 의해서 제거되지 않는 것이 없다. 마치 육체의 병에 대해서 이를 고치는 적당한 운동이 있는 것과 같다.

 볼링은 결석(結石)과 신장(腎臟)에 좋으며, 활은 폐와 가슴에 좋으며, 천천히 걷는 것은 위에 좋으며, 승마는 머리에 좋은 것과 같다. 그러므로 만일 정신이 산만하다면 수학을 배우게 하라. 왜냐하면 증명을 하는 데 있어서는 그의 정신이 조금이라도 흩어지면 다시 시작하지 않으면 안 되기 때문이다.

만일 그의 정신이 구별이라든가 차이를 발견하는 데 적합하지 않다면 스콜라 철학자를 연구하는 것이 좋다. 왜냐하면 그들은 회향(茴香)의 씨앗을 쪼개듯 세밀한 탐색을 하는 사람들이기 때문이다.

여러 가지 면에서 문제를 재빨리 생각해 내고, 어떤 문제를 끄집어내어 한 가지를 증명하고 예증하는 데 적절하지 않다면 그로 하여금 법률가의 소송사건을 공부하게 하라. 이처럼 정신의 결함에도 각기 그 처방이 있는 것이다.

자만심에 관하여

파리 한 마리가 차바퀴 위에 앉아서 "나는 얼마나 많은 먼지를 일으키고 있는가?"라고 말하였다는 이솝의 이야기는 참으로 잘 꾸며진 것이다. 자만심을 가진 사람들 중에는 이 이야기처럼 무엇인가가 절로 행해지고, 보다 큰 힘에 의해서 움직여지는 일에 만일 자기가 조금이라도 관여하고 있다면, 그들은 자기가 그것을 운행하고 있다고 생각할 것이다. 자만심이 있는 사람들은 반드시 당파심을 필요로 한다. 왜냐하면 모든 자만은 남과의 비교 위에 성립되기 때문이다. 그들은 자기 자신의 자랑을 관철하기 위해서 반드시 격렬하지 않을 수 없다.

또 비밀을 지킬 수가 없기 때문에 일을 성취할 수가 없다. 프랑스의 속담에 따르면 "큰소리를 치면 실속 있는 것이 없다"고 한다. 그러나 확실히 정치적인 문제에 있어서는 이러한 성질은 쓸모가 있다. 즉 어떤 사람의 미덕이라든가 위대함에 대해서 여론과 평판을 만들어 낼 때에는 이러한 사람들은 좋은 나팔수가 된다. 그리고 티투스 리비우스가 안티오쿠스[1]와 아에톨리아 인[2]을 예를 들어 "모순된 거짓말이 커다란 결과를 낳는 일이 가끔 있다(리비우스 〈로마사〉 35·12·49)"고 말한 것과 같다.

예를 들면 두 군주와 교섭하여 제삼자와의 전쟁에 끌어들이고자 할 때 어느 일방의 군사력을 다른 쪽에 과찬하는 것이다. 때로는 사람과 사람 사이에서 거래를 하는 사람이 쌍방에 대해서 자기가 실제로 갖고 있는 것보다 더 큰 세력을 갖고 있는 체함으로써 쌍방에 대한 자기 자신의 신용을 높이려고 한다.

이들과 또 이와 흡사한 경우로서 무(無)로부터 무엇인가가 생겨나는 일이 종종 있다. 왜냐하면 거짓말은 의견을 불러일으키기에 충분하며, 그리고 의견은 실질(實質)을 가져오기 때문이다. 군의 지휘관과 병사들

---

[1] 시리아 왕(재위 B.C. 223~187). 고대 그리스서부터의 아에톨리아 인의 원조를 받아 로마와 싸웠으나 텔모피데 및 그 밖에서 패하고, 마침내 기원전 190년에는 스키피오가 이끄는 로마군에게 완패하고 말았다.
[2] 고대 그리스의 아에톨리아의 주민. 안티오쿠스를 도왔다고 해서 로마의 학대를 받았다.

에게 있어서는 자만심은 필수적인 조건이다. 왜냐하면 쇠가 쇠를 날카롭게 하는 것과 마찬가지로 자만심에 의해서 하나의 용기는 다른 용기를 고무하기 때문이다. 비용과 모험을 필요로 하는 대사업의 경우에는 자만심이 일에 활력을 불어넣는다. 그리고 착실하고 진지한 성격의 사람은 돛[帆]의 역할보다는 밸러스트의 역할을 한다.

학문상의 명성에 있어서도 약간의 과시의 날개가 없으면, 그 비상(飛翔)이 느릴 것이다. "자만심을 경멸한다고 책을 쓴 사람도 자기의 이름은 책에다 붙인다 〈키케로〈투스쿠르무론〉 1·15〉." 소크라테스, 아리스토텔레스, 갈레노스[1] 등은 모두 과시욕이 많은 사람들이었다. 확실히 자만심은 사람의 기억을 오래 지속시키도록 한다. 그리고 덕성은 그 자체로서 거룩한 것이며, 그것이 인간성에 은덕을 입는 일은 결코 없다.

키케로, 세네카, 소플리니우스[2] 등의 명성도 그들 자신의 약간의 자만심과 결합하지 않았더라면, 그처럼 오래 명성이 계속되지는 않았을 것이다. 마치 천장

---

[1] 그리스의 의사이며, 철학자(129~199).
[2] 로마의 집정관. 비티니아, 폰티가 등의 총독을 역임한 플리니우스 세쿤두스를 말한다(62~113). 트라야누스 황제 등에 보낸 서한집에서 크리스트교도의 문제를 취급하고 있다.

을 번질번질 빛나게 할 뿐 아니라, 오래 가게 하는 왁스와 같다.

  그러나 나는 자만심을 논함에 있어 타키투스가 무키아누스에게 돌린 그러한 성질을 말하는 것은 아니다.――그것은 곧 "그가 말하고, 그가 하는 일이 모든 것을 아름답게 보이게 하는 일종의 기술을 그는 가지고 있다(타키투스 《역사》 2·80)"는 것이다. 그것은 허영에서 나오는 것이 아니라, 천성적인 위대함과 분별심에서 나오는 것이다. 그리고 어떤 사람들에게는 훌륭할 뿐만 아니라 품위마저도 있는 것이다. 왜냐하면 변명, 양보, 잘 통제된 겸허 등은 선천적인 기교에 지나지 않기 때문이다. 이들 기교 가운데서 가장 좋은 것은 소플리니우스가 이야기하고 있다. 그것은 자기 자신의 다소 자신이 있는 점을 타인에게 인정시키며 그것을 크게 칭찬하고 추천하는 일이다. 왜냐하면 소플리니우스는 다음과 같이 교묘하게 말하였기 때문이다.

  "남을 칭송하며 추천하는 것은 너 자신에게도 이로운 일이다. 그것은 네가 추천하는 사람은 그 점에 있어서 너보다 우월하든가 열등하든가 어느 한쪽이다. 만약에 그가 열등한데도 추천할 만하다면 너는 그 이상으로 칭찬받아야 하며, 만약에 그가 우월한데도 추천되지 않는다고 한다면 너는 더욱 칭찬받지 못하기 때문이다(소플리니우스 《서한》 6 · 17)."

 자만하는 사람은 현명한 사람의 경멸의 대상이 되며, 기생적인 사람의 우상이 되며, 그들 자신의 자만심의 노예가 된다.

분노에 관하여

분노를 전적으로 억제하려고 노력하는 것은 스토아 학파의 자랑에 지나지 않는다. 우리는 보다 나은 성구(聖句)를 가지고 있다――"성내더라도 죄는 짓지 마시오. 해질 때까지 노여움을 품고 있지 마시오(《에베소 사람에게 보낸 편지》 4장 26절)"라는 것이다. 분노는 그 정도와 시간에 있어 제한되어야 한다. 나는 우선 분노라고 하는 자연적인 경향과 습관을 어떻게 하면 완화하여 진정시킬 수 있는가를 말하기로 한다.

다음에는 어떻게 하면 분노가 폭발하는 개개의 경우를 억제할 수 있으며, 또는 적어도 해가 없도록 제지할 수 있는가를 말할 것이다. 셋째로 어떻게 해서 타인을 성내게 하며, 또 진정시키는가를 말하려고 한다.

첫째 것에 관해서는, 분노의 결과를 생각하고 반성하는 길밖에 없다. 즉 그것이 어떻게 인간의 생활을 교란하는가에 대해서이다. 그리고 그렇게 하기 위해서 가장 좋은 때는 분노의 발작이 완전히 끝났을 때, 그것을 돌이켜보는 것이다. 세네카는 "분노는 무너지는 집과도 같다. 그것이 떨어지는 것 위에서 부서진다(세네카 〈분노에 관하여〉 1·1)"라는 훌륭한 말을 했다.

《성서》는 우리에게 "참고 견딤으로써 참 생명을 얻게 될 것이다(〈누가복음〉 21장 19절)"라고 권고하고 있다. 참을성이 없는 사람은 자기의 생명마저 잃어버린다. 사람은 꿀벌이 되어서는 안 된다. 즉 적에게 주는 상처 속에 자기의 생명을 박아 넣는 벌이 되어서는 안 된다.[1]

분노는 확실히 일종의 비열이다. 마치 그것에 지배당하는 사람의 약점에서 잘 나타나는 것과 같다. 아이들, 여자, 노인, 병자 등이 그렇다. 사람들은 자기의 분노를 두려운 것이라고 생각하지 말고, 경멸해야 할 것으로 조심해야 한다. 그렇게 하면 그 해독에 희생되지 않고 도리어 그것에 초연할 수가 있을 것이다. 이것은 만일 그렇게 하도록 자기 자신을 통제하는 마음만 있다면 쉬운 일이다.

---

1 베르길리우스 〈농경시〉 4·26. 벌은 싸울 때, 그 침을 적의 몸에 꽂고 스스로 죽는다.

둘째 것에 관해서 말하면, 분노의 원인과 동기는 주로 세 가지로 나눌 수 있다. 첫째는 피해에 대해서 지나치게 민감하다는 것이다. 스스로 해를 입었다고 느끼지 않는 사람은 노하지 않는다. 그러므로 민감하고 섬세한 사람들은 자주 노하게 된다. 그들은 비교적 강건(剛健)한 사람들이 거의 느끼지 않는 일에 더 많이 마음이 교란된다.

다음은 주어진 피해가 그 경우에 있어서는 모욕에 차 있는 것이라고 지레 생각하고 해석하는 것이다. 왜냐하면 모욕은 피해 자체와 마찬가지로, 아니 그보다 훨씬 더 심하게 분노를 격화시키기 때문이다. 그러므로 모욕의 경우를 집어내는 데 재간이 있는 사람들은 그만큼 그 자신의 노여움을 불태우게 된다.

마지막으로 자기의 명예가 손상되었다고 생각하는 것은 분노를 몇 갑절이나 더하게 하고 예민하게 한다. 이에 대한 대책으로는 콘살보[1]가 항상 말한 것처럼 "더욱 튼튼하게 짜서 만든 명예"를 갖는 일이다. 그러나 분노의 억제법 가운데서 가장 좋은 대책은 시간을 얻는 데 있다. 그리하여 복수의 기회는 아직 오지 않

---

1 곤자로 드 콜도바를 말한다(1443~515). 스페인의 장군으로 대대장이라 불리었다.

앉지만 그러나 그 시기를 예견한다고 스스로 믿게 함으로써 자기 자신을 진정시키고 복수를 보류해야 한다. 분노가 폭발하더라도 그것을 손해로부터 벗어나게 하기 위해서는 특별히 주의하지 않으면 안 될 두 가지가 있다.

하나는 극단적으로 격렬한 말이다. 특히 그것이 신랄하고 특정한 개인의 것인 경우이다. 왜냐하면 일반적인 모욕은 그다지 대수로운 것이 아니기 때문이다. 그리고 노하고 있을 때, 비밀을 드러내지 않는 일이다. 왜냐하면 그러한 짓을 하는 사람은 사회생활에는 적합하지 않은 사람이기 때문이다. 또 하나는 분노가 발작했을 때, 어떠한 일이든지 갑자기 내동댕이쳐서는 안 된다. 아무리 분하더라도 돌이킬 수 없는 행동을 해서는 안 된다.

타인의 분노를 이야기하고, 또 진정시키는 일은 주로 시기를 선택할 일이다. 상대방을 분노케 하기 위해서는 상대방이 가장 말을 안 듣고 기분이 나쁠 때를 선택해야 한다. 그리고 이미 (말한 것처럼) 모욕을 한층 더할 수 있는 것이라면 무엇이든지 끌어모으는 일이다.

이 두 가지 일에 대한 대책은 그 반대로 하는 것이다. 전자는 상대방을 노하게 할 만한 일을 처음으로 이야기하는 데에 적당한 시기를 기다리는 일이다. 왜냐하면 처음의 인상이 중요하기 때문이다.

또 하나는 피해를 입었다는 해석과 모욕을 당했다고 상대방이 생각하는 문제점을 될 수 있는 한 분리시키는 일이다. 그것을 오해라든가, 두려움이라든가, 격정, 기타 무엇이 되든지 돌려야 하는 것이다.

▨ 연 보

1561년	1월 22일 런던에서 국새상서 니콜라스 베이컨의 둘째 아들로 출생.
1573년	4월, 케임브리지 대학 트리니티 칼리지에 입학.
1576년	12월, 주불 대사의 수행원으로 파리로 감.
1579년	2월, 아버지 니콜라스 급사. 3월에 귀국. 그레이즈 인 법학원에 적을 둠.
1582년	6월, 그레이즈 인의 하급변호사가 됨.
1584년	멜컴 리지스 선출의원이 됨.
1586년	그레이스 인 법학원 간부가 됨.
1588년	리버플 선출의원이 됨. 이 무렵에 에섹스 백작과 알게 됨.
1589년	그레이즈 인의 강사가 됨.
1592년	에섹스 백작의 고문이 되어 후한 대접을 받기 시작함.

1593년	2월, 미들 에섹스 선출의원이 됨.
1597년	《에세이(Essayes)》 초판이 출간됨. 엘리자베스 여왕의 고문변호사가 됨.
1605년	10월 《학문의 진보(Of the Proficience and Advancement of Learning)》를 간행.
1607년	6월, 법무부 차관이 됨. 논문 《사색과 사견(Cogitata et Visa)》을 씀.
1609년	《고대인의 지혜(De sapientia veturum)》 출간.
1612년	10월, 《에세이》 제2판 출간.
1613년	10월, 법무장관에 임명됨.
1616년	6월, 추밀고문관에 임명됨.
1617년	3월, 국새상서에 임명됨.
1618년	1월, 대법관에 임명됨.
1620년	10월 《신기관(Novum Organum)》 출간.
1621년	1월, 세인트 얼반즈 자작이 됨. 30일, 제임스 왕조 제3회 의회에서 기강 숙정 문제로 기소됨. 5월, 상원위원회는 베이컨의 유죄를 선고, 6월, 런던탑에 유폐, 이틀 후 석방됨. 10월, 골람베리에 은퇴.
1622년	《헨리 7세의 역사(The History of the Reign of King Henry Ⅶ)》 출간.

1623년	10월 《학문의 진보(De Augmentis Sceintiarum)》 출간.
1624년	《뉴아틀란티스(New Atlantsi)》 집필.
1625년	《에세이》 제3판 출간.
1626년	눈오는 날 런던 교외에서 독감에 걸려 4월 9일 영면함.

옮긴이 소개

고려대 철학과 졸업.
독일 뮌헨 대학에서 수학.
한국 번역가협회 회원.
역서로 《고독이 그림자를 드리울 때》《오, 고독이여》
《그리스·로마 신화》《의혹과 행동》《소유냐 존재냐》
《토인비와의 대화》《너희도 신처럼 되리라》등이 있음.

베이컨 수상록

초판 1쇄 발행 / 1977년 3월 20일
 2판 1쇄 발행 / 1995년 10월 30일
 3판 1쇄 발행 / 2012년 3월 15일
 4판 1쇄 발행 / 2020년 9월 10일
 4판 3쇄 발행 / 2023년 12월 20일

지은이   베이컨
옮긴이   최혁순
펴낸이   윤형두
펴낸데   범우사

등록번호   제406-2003-000048호
등록일자   1966년 8월 3일
주소   (10881) 경기도 파주시 광인사길 9-13 (문발동)
전화   031)955-6900~4, 팩스 031)955-6905

잘못된 책은 바꾸어 드립니다.
ISBN 978-89-08-06147-4 04800   홈페이지 www.bumwoosa.co.kr
     978-89-08-06000-5 (세트)   이메일 bumwoosa1966@naver.com